Heitere Geschichten für die Zeit zwischen den Jahren

Heitere Geschichten für die Zeit zwischen den Jahren

Herausgegeben von Christian Lux

Reclam

RECLAMS UNIVERSAL-BIBLIOTHEK Nr. 14718
2025 Philipp Reclam jun. Verlag GmbH,
Siemensstraße 32, 71254 Ditzingen
info@reclam.de
Umschlaggestaltung: Philipp Reclam jun. Verlag GmbH
Umschlagabbildung: Judy Joel, *Skivening* (1995) – © Judy Joel.
All Rights Reserved 2025 / Bridgeman Images
Gestaltung: Cornelia Feyll, Friedrich Forssman
Druck und Bindung: Druckerei C.H.Beck,
Bergerstraße 3–5, 86720 Nördlingen
Printed in Germany 2025

ISBN 978-3-15-014718-4
reclam.de

Inhalt

ELSE LASKER-SCHÜLER

Weihnacht

Einmal kommst du zu mir in der Abendstunde
Aus meinem Lieblingssterne weich entrückt
Das ersehnte Liebeswort im Munde
Alle Zweige warten schon geschmückt.

O ich weiß, ich leuchte wieder dann,
Denn du zündest meine weißen Lichte an.

»Wann?« – ich frage, seit ich dir begegnet – »wann?«
Einen Engel schnitt ich mir aus deinem goldenen Haare
Und den Traum, der mir so früh zerrann.
O ich liebe dich, ich liebe dich,
Ich liebe dich!

Hörst du, ich liebe dich – – –
Und unsere Liebe wandelt schon Kometenjahre,
Bevor du mich erkanntest und ich dich.

SELMA LAGERLÖF

Ein Weihnachtsgast

Einer von denjenigen, welche als Kavaliere auf Ekeby gelebt hatten, war der kleine Ruster, der Noten transponieren und Flöte spielen konnte. Er war aus niederem Stand und arm, ohne Heimat und ohne Angehörige. Es kamen schwere Zeiten für ihn, als die Kavalierschar sich zerstreute. Er hatte nun nicht länger Pferd und Wagen, weder Pelz noch Esskorb. Er musste zu Fuß von Hof zu Hof gehen und trug seine Habe in einem blaugewürfelten Baumwollschnupftuch eingeknotet. Den Rock knüpfte er bis unter das Kinn zu, damit keiner sehen konnte, wie es mit Hemd und Weste bestellt war, und in seinen weiten Taschen verwahrte er seine kostbarsten Güter: die auseinandergeschobene Flöte, die flache Taschenflasche und die Notenfeder.

Sein Beruf war das Notenabschreiben, und wenn alles noch so wie in alten Zeiten gewesen wäre, würde es ihm nicht an Arbeit gefehlt haben. Doch mit jedem Jahr, das dahinging, wurde droben in Värmland weniger Musik getrieben. Die Gitarre mit ihrem morschen Seidenband und das gewundene Waldhorn mit verblichenen Quasten und Schnüren wurden in die Rumpelkammer auf den Boden gebracht, und der Staub legte sich zolldick auf die langen, eisenbeschlagenen Geigentasten. Doch je weniger der kleine Ruster mit der Flöte zu tun hatte, desto mehr musste er sich mit der Taschenflasche beschäftigen, und schließlich wurde er der reine Säufer. Es war sehr schade um den kleinen Ruster. Einstweilen wurde er auf den Gütern noch als ein alter Freund aufgenommen, doch es herrschte Trauer, wenn er kam, und Freude, wenn er ging. Er roch nach Schnaps und Branntwein, und sowie er ein paar Appetitschnäpse oder ein Glas Grog getrunken hatte, bekam er einen Schwips und erzählte widerwärtige Geschichten. Er war die Plage der gastfreien Gutshöfe.

Einmal um Weihnachten ging er nach Löfdala, wo Liljekrona, der große Geigenspieler, wohnte. Liljekrona war auch einer der Ekebykavaliere gewesen, doch nach dem Tod der Majorin war er auf sein schönes Gut Löfdala gezogen und dort geblieben. Jetzt kam Ruster in den Tagen vor Heiligabend, mitten in der Räumerei, zu ihm und bat um Arbeit. Liljekrona beschäftigte ihn mit dem Abschreiben einiger Notenhefte.

»Du hättest ihn lieber gleich wieder gehenlassen sollen«, sagte Liljekronas Gattin, »jetzt wird er die Arbeit wohl so langsam ausführen, dass wir ihn Heiligabend hierbehalten müssen.«

»Irgendwo muss er ihn ja verleben«, antwortete Liljekrona. Und er setzte Ruster Grog und Branntwein vor, leistete ihm beim Trinken Gesellschaft und lebte die ganze Elebyzeit wieder mit ihm durch. Doch er war verstimmt, und der Gast war ihm wie allen anderen zuwider, wenn er es sich auch nicht anmerken lassen wollte, weil ihm alte Freundschaft und Gastfreiheit heilig waren.

In Liljekronas Heim aber rüstete man sich seit drei Wochen zum Empfang des Christkindes. Man hatte in Ungemütlichkeit und Hetzerei mit Arbeit gelebt, sich die Augen bei Talglichtern und Kienspänen rot gewacht, im Vorratshaus beim Fleischeinsalzen und im Brauhaus beim Bierbrauen gefroren. Doch sowohl die Hausfrau wie die Dienerschaft hatten all dieses ohne Murren hingenommen.

Wenn alle Arbeit fertig war und der Heilige Abend kam, würde sich ein süßer Zauber auf sie herabsenken. Das Weihnachtsfest würde die Wirkung haben, dass Scherz und Neckerei, Reime und lustige Reden ihnen ganz ohne Anstrengung auf die Zunge kämen. Jeder Fuß würde Lust verspüren, sich im Tanz zu drehen, und aus den dunklen Winkeln des Gedächtnisses würden die Worte und Melodien der Reigen hervorschlüpfen, obwohl man jetzt gar nicht glauben konnte, dass sie noch dort vorhanden seien. Und dann würden sie alle gut, ach so gut sein.

Doch wie nun Ruster kam, hatten sämtliche Hausgenossen in Löfdala das Gefühl, dass ihnen das Weihnachtsfest gestört werden würde. Die Hausfrau, die älteren Kinder und die langjährigen Diener waren alle gleicher Meinung. Ruster erregte in ihnen erstickende Angst. Sie fürchteten überdies, dass, wenn er und Liljekrona die alten Erinnerungen wieder zu durchleben anfingen, das Künstlerblut in dem großen Geiger aufwallen und sein Heim ihn verlieren würde. Früher hatte er es ja nie lange daheim ausgehalten.

Niemand kann beschreiben, wie der Hausherr, seit sie ihn ein paar Jahre ganz hatten behalten dürfen, jetzt auf dem Gut geliebt wurde. Und was gab er ihnen auch! Wie viel war er den Seinen, vor allem im Weihnachtsfest! Er hat seinen Platz nicht auf einem Sofa oder in einem Schaukelstuhl, sondern auf einer hohen, schmalen, glattgescheuerten Holzbank in der Kaminecke. Wenn er dort saß, ritt er auf Abenteuer aus. Er fuhr rund um die Erde, stieg zu den Sternen empor und flog noch höher. Er spielte und erzählte abwechselnd, und alle Hausgenossen versammelten sich um ihn und hörten zu. Das ganze Leben wurde stolz und schön, wenn der Reichtum dieser einen Seele es bestrahlte.

Daher liebten sie ihn, wie sie das Weihnachtsfest, den Frohsinn und die Frühlingssonne liebten. Und als der kleine Ruster kam, war ihr Weihnachtsfrieden gestört. Wenn er den Hausherrn fortlockte, hatten sie vergeblich gearbeitet. Es war ungerecht, dass der Säufer in einem frommen Haus am Weihnachtstisch sitzen und alle Weihnachtsfreude verderben durfte.

Am Vormittag des Heiligen Abends war der kleine Ruster mit dem Notenschreiben fertig und sagte nun einige Worte vom Fortgehen, obwohl er natürlich die Absicht hatte, zu bleiben. Liljekrona war von der allgemeinen Verstimmung beeinflusst worden und sagte daher recht lau und gleichgültig, es sei wohl das Beste, dass Ruster das Weihnachtsfest über bleibe, da er ja einmal hier sei.

Der kleine Ruster war ein stolzer Hitzkopf. Er zwirbelte seinen Schnurrbart und warf das schwarze Künstlerhaar, das wie eine dunkle Wolke über seiner Stirn lag, zurück. Was Liljekrona damit sagen wollte? Solle er nur bleiben, weil er sonst nirgends hinkönne? Oh, bitte sehr, auf den großen Hammerwerken im Kirchspiel Bro werde er sehnsüchtig erwartet! Das Fremdenzimmer sei in Ordnung, der Bewillkommnungsbecher gefüllt. Er habe es sehr eilig. Er wisse nur nicht, zu wem er zuerst fahren solle.

»Du liebe Zeit«, antwortete Liljekrona, »du kannst gern fahren.«

Nach dem Mittagessen bat der kleine Ruster um Pferd und Schlitten, Pelz und Fußsack. Ein Knecht aus Löfdala sollte ihn nach irgendeinem Ort im Broer Kirchspiel fahren und das Pferd schnell antreiben, da es nach Schneegestöber aussah.

Niemand glaubte, dass er erwartet werde oder dass es in

der Gegend auch nur ein einziges Haus gebe, in welchem er willkommen war. Doch sie wollten ihn so gern los sein, dass sie sich dies verhehlten und ihn fahren ließen. »Er hat es selbst gewollt«, sagten sie. Und dann dachten sie, jetzt wollten sie fröhlich sein.

Doch als sie sich gegen fünf Uhr im Saal versammelten, um Tee zu trinken und um den Christbaum zu tanzen, war Liljekrona still und verstimmt. Er setzte sich nicht auf die Abenteuerbank, er rührte weder Tee noch Punsch an, er konnte sich keiner Polska erinnern, und die Geige war nicht in Ordnung. Die, welche in der Stimmung seien, zu tanzen und zu spielen, möchten es ohne ihn tun. Da wurde die Hausfrau unruhig, da wurden die Kinder verdrießlich, alles im ganzen Haus ging verkehrt. Es wurde ein sehr trüber Heiligabend.

Die Grütze verklumpte, die Lichter zischten, die Holzscheite rauchten, der Wind brachte Schneetreiben und wehte recht bittere Kälte in die Zimmer. Der Knecht, der den kleinen Ruster gefahren hatte, kam nicht wieder. Die Haushälterin weinte, die Mägde zankten sich.

Schließlich fiel es Liljekrona ein, dass keine Garbe für die Sperlinge hingelegt worden sei, und er beklagte sich laut, dass alle Weiber seines Haushalts alte Bräuche fallen ließen und neumodisch und herzlos seien. Sie aber begriffen recht gut, dass das, was ihn quälte, Gewissensbisse darüber waren, dass er den kleinen Ruster am Heiligabend selbst hatte abreisen lassen.

Plötzlich ging er nach seinem Zimmer, schloss die Tür hinter sich und begann zu spielen, wie er, seit er zu wandern aufgehört, nicht gespielt hatte. Hass und Hohn, Sehnsucht und Sturm lag darin. »Ihr dachtet, mich zu binden, aber ihr müsst andere Fesseln dazu schmieden. Ihr dachtet, mich kleinlich zu machen, wie ihr es selbst seid. Doch ich ziehe hinaus in das Große, in das Freie, Alltagsmenschen, Haussklaven, fangt mich, wenn es in eurer Macht steht!«

Als die Hausfrau diese Töne hörte, sagte sie: »Morgen ist er fort, wenn Gott nicht heute Nacht ein Wunder tut. Jetzt hat unsre Ungastlichkeit gerade das bewirkt, was wir vermeiden zu können glaubten.«

Inzwischen fuhr der kleine Ruster im Schneetreiben umher. Er fuhr von einem Gut zum andern und fragte, ob man dort Beschäftigung für ihn habe, wurde aber nirgends aufgenommen. Er wurde nicht einmal zum Aussteigen aufgefordert. Einige hatten das Haus voll Besuch, andere wollten am ersten Festtag selbst verreisen. »Fahre zum nächsten Nachbar«, sagten sie alle.

Er konnte gern kommen, wenn er ihnen nur die Gemütlichkeit einiger Alltage störte, aber nicht am Heiligabend. Das Jahr hatte nur einen Heiligen Abend, und auf diesen hatten die Kinder sich schon den ganzen Herbst gefreut. Diesen Menschen konnte man doch nicht mit Kindern an einen Weihnachtstisch setzen. Früher hatten sie ihn gern aufgenommen, aber jetzt, seit er so trank, nicht mehr. Was sollte man auch mit dem Gesellen anfangen? Die Knechtstube war nicht gut genug für ihn und der Salon zu fein.

So musste der kleine Ruster in dem peitschenden Schneetreiben von Hof zu Hof fahren. Der nasse Schnurrbart hing ihm schlaff über die Lippen herab, seine Augen waren gerötet und trübe, doch der Branntwein wurde aus seinem Gehirn verweht. Er fing an zu grübeln und zu staunen. War es möglich, dass keiner ihn aufnehmen wollte? Da sah er plötzlich sich selbst. Er sah, wie erbärmlich und heruntergekommen er war, und er begriff, dass er den Menschen verhasst sein müsste. »Mit mir ist es vorbei«, dachte er. »Mit dem Notenschreiben, mit der Flöte ist es vorbei. Niemand auf Erden bedarf meiner, niemand hat Mitleid mit mir.«

Das Schneegestöber kreiste und spielte, riss die Wehen auf und schüttete sie wieder zu, nahm eine Schneesäule in den Arm und tanzte mit ihr über das Feld, wirbelte eine Flocke bis zu den Wolken empor und trieb eine andere tief in eine Grube hinein. »So geht es, so geht es«, sagte der kleine Ruster, »solange man tanzt und umherwirbelt, ist es Spiel, wenn man aber in die Schneewehe hinuntersoll, um dort eingebettet und vergessen zu werden, dann wird es Betrübnis und Kummer.« Doch hinunter müssen wir alle, und jetzt war die Reihe an ihm. Ja, jetzt war er am Ende.

Er fragte nicht mehr, wohin der Knecht ihn bringe. Es war ihm, als fahre er in das Land des Todes hinein.

Der kleine Ruster verbrannte während dieser Fahrt keine Götter. Er verwünschte weder das Flötenspiel noch das Kavalierleben, er dachte nicht, dass es besser für ihn gewesen wäre, wenn er den Acker gepflügt oder Schuhe besohlt hätte. Doch darüber klagte er, dass er jetzt ein ausgespieltes Instrument sei, von dem der Frohsinn keinen Gebrauch mehr machen könne. Er klagte niemanden an, denn er wusste, dass ein zersprungenes Waldhorn und eine Gitarre, die sich nicht mehr stimmen lässt, fortgeworfen werden müssen. Er wurde auf einmal ein sehr demütiger Mensch. Er begriff, dass es jetzt, am Heiligabend, mit ihm zu Ende gehen werde. Der Hunger oder die Kälte würde ihn töten, denn er verstand nichts, taugte zu nichts und hatte keine Freunde. Da hält der Schlitten, und auf einmal ist es hell um ihn her, er hört freundliche Stimmen, wird in eine warme Stube geführt, und jemand gibt ihm heißen Tee zu trinken. Der Pelz wird ihm ausgezogen, und mehrere Stimmen heißen ihn willkommen, während warme Hände Leben in seine erstarrten Finger reiben. Er wurde von allem diesen so verwirrt, dass es wohl eine Viertelstunde dauerte, ehe er sich wieder besinnen konnte. Er konnte gar nicht begreifen, dass er sich wieder in Löfdala befand. Es war ihm gar nicht klargeworden, dass der Knecht, des Umherfahrens im Schneegestöber überdrüssig, nach Hause zurückgekehrt war.

Ebenso wenig begriff er, weshalb er jetzt in Liljekronas Haus so freundlich empfangen wurde. Er konnte nicht wissen, dass Liljekronas Gattin verstand, welch schwere Fahrt er an diesem Heiligabend gemacht, um an jeder Tür, an die er geklopft, abgewiesen zu werden. Sie empfand so großes Mitleid mit ihm, dass sie ihre eigene Sorge darüber vergaß. Liljekrona setzte drinnen in seinem Zimmer das wilde Spielen fort. Er wusste nicht, dass Ruster wieder da war. Dieser saß unterdessen mit der Hausfrau und den Kindern im Saal. Das Gesinde, das dort am Heiligabend ebenfalls zu sein pflegte, hatte sich vor der trüben Stimmung, die drinnen bei der Herrschaft herrschte, in die Küche geflüchtet.

Die Hausfrau stellte Ruster sofort an. »Ruster«, sagte sie, »Er hört wohl, dass Liljekrona den ganzen Abend nichts weiter tut als spielen. Ich muss das Decken überwachen und nach dem Essen sehen. Die Kinder sind ganz allein. Er muss sich um die beiden Kleinsten kümmern.«

Kinder waren die Art Menschen, mit der Ruster am wenigsten verkehrt hatte. Er hatte sie weder im Kavalierflügel noch im Soldatenzelt, weder im Krug noch auf der Landstraße angetroffen. Er war beinahe blöde vor ihnen und wusste nicht, was er sagen sollte, das fein genug für sie wäre. Er zog die Flöte hervor und lehrte sie auf Löchern und Klappen fingern. Es waren ein vierjähriger und ein sechsjähriger Knabe. Sie erhielten eine Lektion auf der Flöte und schienen sich sehr dafür zu interessieren. »Dies ist A«, sagte Ruster, »und dies ist C.« Und dann blies er die Töne. Da wollten die Kleinen wissen, was das für ein A und ein C sei, das gespielt werden sollte.

Ruster holte nun Notenpapier aus der Tasche und zeichnete ihnen beide Noten auf. »Nein«, sagten sie, »das ist nicht richtig.« Und sie liefen nach einem Abc-Buch.

Da begann der kleine Ruster ihnen das Alphabet zu verhören. Sie konnten und konnten es nicht. Mit dem Wissen war es kümmerlich bestellt. Ruster geriet in Eifer, nahm die Knaben auf je ein Knie und fing an sie zu unterrichten. Liljekronas Gattin, die aus und ein ging, hörte ganz erstaunt zu. Es klang wie Spiel, und die Kinder lachten immerfort, aber sie lernten. Ruster setzte den Unterricht eine Weile fort, doch er war nicht recht bei der Sache. Ihn beschäftigten die alten Gedanken vom Schneetreiben draußen. Hier war es schön und gemütlich, aber mit ihm war es ja doch vorbei. Er war verbraucht. Er würde fortgeworfen werden. Und plötzlich verbarg er das Gesicht in den Händen und begann zu weinen.

Liljekronas Gattin trat schnell zu ihm.

»Ruster«, sagte sie, »ich kann verstehen, dass Er glaubt, mit Ihm sei es aus. Mit der Musik geht es nicht mehr, und Er ruiniert sich mit dem Branntwein. Doch das Ende ist noch nicht da, Ruster.«

»Doch«, schluchzte der kleine Flötenspieler.

»Sieh Er, so bei den Kleinen sitzen wie heute Abend, das

wäre etwas für Ihn. Wenn Er Kinder im Lesen und Schreiben unterrichtete, würde Er wieder überall willkommen sein. Das sind keine schlechteren Instrumente zum Spielen, Ruster, als Flöte und Geige. Sieh Er sie an, Ruster!« Sie stellte die beiden Kleinen vor ihn hin, und er sah auf, blinzelnd, als habe er in die Sonne geblickt. Seinen kleinen, trüben Augen schien es schwer zu werden, den großen, hellen, unschuldigen der Kinder zu begegnen.

»Sieh Er sie an, Ruster«, ermutigte ihn Liljekronas Gattin.

»Ich wage es nicht«, antwortete Ruster, dem es ein Fegefeuer war, durch die schönen Kinderaugen in die Schönheit der unbefleckten Seelen hineinzuschauen.

Da lachte Liljekronas Gattin laut und fröhlich. »So soll Er sich daran gewöhnen, Ruster. Er kann dieses Jahr als Schulmeister in meinem Haus bleiben.«

Liljekrona hörte seine Gattin lachen und kam aus seinem Zimmer. »Was gibt's?«, fragte er. »Was gibt's?«

»Nichts weiter«, erwiderte sie, »als dass Ruster wiedergekommen ist und ich ihn als Schulmeister für unsere kleinen Buben angenommen habe.«

Liljekrona war ganz verdutzt. »Getraust du dich«, sagte er, wagst du es? Hat er versprochen, das – zu lassen?«

»Nein«, antwortete die Gattin, »Ruster hat nichts versprochen. Doch er wird sich vor vielem hüten müssen, wenn er täglich den Kleinen in die Augen sehen soll. Wenn es nicht Weihnachten gewesen wäre, hätte ich es wohl nicht gewagt, doch wenn unser Herrgott es gewagt hat, ein kleines Kind, das noch dazu sein eigener Sohn war, unter uns Sünder zu versetzen, so kann auch ich mich wohl getrauen, meine Kleinen versuchen zu lassen, einen Menschen zu retten.«

Liljekrona brachte kein Wort hervor, aber es zuckte in jeder Runzel seines Gesichtes, wie immer, wenn er etwas Großartiges hörte.

Dann küsste er seiner Frau so unterwürfig wie ein um Verzeihung bittendes Kind die Hand und rief laut: »Alle Kinder sollen herkommen und Mutter die Hand küssen!«

Das taten sie, und nachher wurde ein fröhliches Weihnachtsfest in Liljekronas Heim gefeiert.

ANTJE RÁVIK STRUBEL

Eine Weihnachtsteufelei

Es gibt Menschen, die glauben, Weihnachten wäre unumgänglich.

Meine Freundin glaubt das nicht. Wir haben uns schon sehr darüber gestritten. Sie glaubt, daß man sich den Klingglöckchen und den wattebärtigen Studenten an jeder Ecke und in jedem Supermarkt entziehen kann.

Sie sagt immer: »Nu mach aba ma halblang.«

Sie sagt: »Wird allet nich so heiß jejessen wie it jekocht wird, ooch ene Jans nich.«

Sie hat eine herrliche Art, die Dinge auf den Kopf zu stellen. Auch Weihnachten. Am Telefon hat sie zu mir gesagt, wenn ich nicht glauben wolle, daß Weihnachten unbemerkt verstreichen könne, werde sie mir das eben beweisen, und hätte ich am Telefon schon gewußt, worauf ich mich einlasse, hätte ich auch dieses Jahr Weihnachten lieber wieder in der siebten Etage eines so übertrieben mit Lichterketten behängten Hauses verbracht, als wäre es allein für die Einflugschneise nach Tempelhof verantwortlich. Ich hätte mich mit einer schlaffen Großstadtweihnachtsgans begnügt und Klinglöckchen gehört. Aber weil meine Freundin vom Dorf am Telefon so klang, wie meine Freundin am Telefon immer klingt, nämlich verheißungsvoll und voller Geheimnisse, kam es anders.

Aber zuerst rief mein Vermieter an. Es war zwei Wochen vor dem Fest. Mein Vermieter hatte sich noch nie gemeldet. Es hieß, er lebe am Stadtrand, dort, wo der Grunewald in vierstöckige Villen hineinwächst, aber sicher war sich da niemand. Er meldete sich, als ich gerade die dritte Kerze in meinen Adventskranz bohrte.

»Sehen Sie zu, daß Sie Ihre Ehre wiederbekommen«, sagte mein Vermieter. »Aber flott, flott, wenn ich bitten darf!«

Für einen Augenblick vermutete ich, daß es sich um die Überreste eines unerträglichen Mittagsschlafes handelte, in dem mir ein müder Steuerberater erschienen war und mir erklärt hatte, wieviel mehr ich im nächsten Jahr für Einflugschneisen und staatlich geförderte Lichterketten bezahlen mußte.

»Welche Ehre?«

»Das werden Sie schon herausfinden, meine Liebe«, sagte er. »Oder mit der Wohnung ist Sense.« Und damit überließ er mich einem ungewissen Adventsschicksal.

Nun hatte ich noch nie gehört, daß man zuzüglich zur Miete für eine Wohnung auch mit seiner Ehre bezahlen mußte. Trotzdem ging ich schnell die Sünden des vergangenen Jahres durch. Ich hatte ein Eis samt Eisbecher geklaut, weil mir der Laden, in dem ich das Eis bestellt hatte, zu teuer erschienen war. Ich war aus Greenpeace ausgetreten, weil trotz oder wegen meiner Mitarbeit immer noch jedes Jahr ein Öl-Kahn unterging. Und ich trank. Regelmäßig.

Aber nichts davon war ein Grund, einen Mietvertrag zu kündigen, und erleichtert steckte ich dem Räuchermann ein neues Kerzchen in den Bauch.

Meine Freundin spielt leider in dieser Geschichte auch eine Rolle, und deshalb war meine Erleichterung nicht einmal von der Dauer einer durchschnittlich brennenden Räucherkerze.

»Wie Ehre?«, fragte sie am Telefon. »Wat quatscht'n der von Ehre, wo der noch nich mal wees, wo't zum Sozialamt jeht!«

»Vielleicht hat er es gar nicht so gemeint oder er hatte sich verwählt –«, sagte ich.

»Quatsch. Ick finde, daß wa uff da Stelle wat untahehm müssen.«

Ich ging meinen jungen Hund ausführen, der nur ein einziges unerfreuliches Mal ein Kind mit einem Baum verwechselte, kaufte die üblichen leichten Geschenke für die Verwandtschaft und wartete, daß sie etwas unternahm.

Gegen Ende der Woche sah es allerdings so aus, als ginge mein Leben wieder seinen geordneten Gang. Weder mein Vermieter noch meine Freundin schienen sich noch um mich zu kümmern.

Ein Eindruck, der trügerisch war.

Als ich bei meiner Freundin anrief, war sie nicht zu Hause. Auch nicht am folgenden Tag. Auch nicht am Tag darauf. Statt getröstet zu werden, pulte ich am Kerzenwachs, überlegte, was ich tun sollte, überlegte, ob die Ehre für eine durchschnittliche Bürgerin, eins siebensechzig groß und schlank, möglicherweise so etwas wie ein gutes Gewissen war. Sobald es klingelte, dachte ich, mein Vermieter stünde vor der Tür. Fletschte die Zähne, trug Hörner oder einen Schwanz, ja, mit der Zeit bekam er ein teuflisches Aussehen. Ich versuchte, das zu ignorieren, wir leben in einer postmodernen Gesellschaft, in der das Christkind gern zitiert wird, aber Sünde und gefallene Engel?

Ich trank Brennesseltee, sah mir zur Beruhigung an, wie Scully einen Außerirdischen zur Strecke brachte, und mußte ziemlich oft aufs Klo.

Am nächsten Tag ging ich vorsorglich zu meinem Homöopathen. Er wohnt nur eine Querstraße weiter, ein ruhiger Mensch, mit dem man gepflegt über die schlechten Zeiten sprechen kann. Das erste, was ich von ihm sah, war sein Hinterteil. Er stand vornübergebeugt im Warteraum und suchte etwas unter den Stühlen. Als ich ihm helfen wollte und mich ebenfalls bückte, richtete er sich auf, drosch sich auf die Schenkel und brüllte: »Hier ist er auch nicht. Na so ein Schlingel! Der Herr Teufel sind wohl heute gar nicht da!«

Das gab mir den Rest. Ich ging ohne Behandlung nach Hause.

Nachts träumte mir, ich hätte eine Verabredung.

»Geh hin!«, flüsterte meine Freundin mir zu. Die ganze Nacht in diesem Traum stand sie an meinem Bett, strich mir herb eine Haarsträhne aus der Stirn und hieß Berenice.

Beim Aufwachen fiel mir ein, daß ich vergessen hatte, zu fragen, wo man sich mit einem postmodernen Teufel um die Weihnachtszeit verabredete. Aber in irgendeinem Buch hatte ich gelesen, daß Spielcasinos das zeitgenössische Äquivalent zur früheren Hölle sind, und das einzige Spielcasino, das ich kannte, lag im Forum Hotel am Alex. Ich ging hin.

Die Spielhölle befand sich nicht, wie ich erwartet hatte, unterirdisch, sondern ganz oben, im 37. Stock. Hierher kamen nur die Reichen und ihre schönen Begleiterinnen. Ich war extrem aufgeregt, mein Rock rutschte immerzu hoch, und im Fahrstuhl verwechselte mich ein Mann mit einer Schauspielerin, was mich wiederum beruhigte. Teufel können Schauspieler, speziell die weibliche Form, nicht ausstehen.

Ich fing also an, ein bißchen die Schauspielerin zu mimen, die mir völlig unbekannt war.

Der Fahrstuhl hielt.

Am Eingang zum Casino stand meine Freundin vom Dorf.

Ich starrte sie an wie eine himmlische Erscheinung, zehn Tage nichts, nur das Freizeichen im Telefonhörer, und jetzt stand sie da, als hätte sie mich erwartet. In ihrem langen, etwas schäbigen Mantel aus dem Second Hand.

»Spiel mit mir«, sagte sie.

Langsam kam in mir so etwas hoch, wie es die drei Könige aus dem Morgenland gehabt haben mochten. Es fühlte sich an wie Wut, aber gleichzeitig fühlte ich Benommenheit und ein inneres Kitzeln wie von einem Rülpsen, das gerülpst werden will, also im Prinzip wohl eine Erleuchtung.

»Wer hat dich geschickt?«, fragte ich. »Na los, sag schon. Wer?«

»Spiel mit mir«, sagte sie, sie machte einen Schritt auf mich zu, sie raunte: »Zwei Fünferchips um deine Ehre.«

Da war es wieder, dieses Wort, aber diesmal aus dem Mund meiner Freundin, die, wie mir plötzlich auffiel, ein einwandfreies Hochdeutsch sprach.

»Ich glaub, ich komme irgendwie nicht mit«, sagte ich, weinerlich, obwohl ich gerade jetzt gern fest mit den Absätzen geknallt hätte.

Aber sie drehte sich um, lächelte mich über ihre rechte Schulter hinweg tiefsinnig an und sagte: »Na komm schon, Baby.«

Irgendwer drückte mir drei flache Chips in die Hand, wo sie sehr schnell feucht wurden, und schob mich auf einen Roulette-Tisch zu.

»Komm, spiel«, sagte meine Freundin vom Dorf in mein Ohr, »spiel, wir dürfen keine Zeit verlieren.«

»Wo ist der Vermieter?«, fragte ich.

»Er beobachtet dich. So, wie ich dich heute nacht beobachtet habe.«

»Berenice?«, fragte ich. Und noch einmal mit einem wahrscheinlich komplett blöden Gesichtsausdruck: »Berenice?«

Eine Traumgestalt war mir erschienen. Sie mußte sich des Körpers meiner Freundin vom Dorf bemächtigt haben. Sie war schöner, das war klar, strahlend und irgendwie Seventies, während meine Freundin klein gebaut und mit eckigen Hüften und grauen Haaren ausgestattet war. Berenice war elegant, wenn auch ein bißchen zu retro, aber schön sah sie aus mit ihren Plateauschuhen und dem silbernen Paillettending, und ich hätte sie gern näher beguckt, wäre mir nicht klar gewesen, daß dahinter irgendwo meine Freundin war. Vielleicht hatte Berenice ihr Gewalt angetan, hatte sie brutal niedergestreckt und auseinandergerissen, gewissermaßen zerfetzt, um dann wohlig in diesen fremden Körper zu schlüpfen und die Haut um sich zu schließen, aber ehe ich mir das alles plastisch und mit Scully in der Hauptrolle ausmalen konnte, befahl Berenice, und ihre Stimme war tief:

»Spiel, Baby. Wir haben keine Zeit.«

Ich dachte panisch an ein Komplott. Ein Komplott zwischen dem Teufel, meinem Vermieter und dieser Frau, bei dem es gar nicht darum ging, meine Ehre wiederzugewinnen, sondern sie überhaupt erst zu verlieren. Es ging darum, meiner Freundin vom Dorf abzuschwören für so eine Scheingestalt, für einen fadenscheinigen, sirenenen Ersatz, für dieses auf retro gestylte Paillettending, und am nächsten Morgen würde ich als Schwein erwachen, weil ich dieser Verlockung dummerweise in einem flüchtigen, berauschenden Moment erlegen war. Aber wenn ich Berenice erlag, was so gut wie sicher war, da ich noch nie im Leben Roulette gespielt hatte, würde meine Welt, mein kleines vertrautes Leben am Ende untergehen. Es würde verschwinden in einem einzigen großen Schluck, wie der Inhalt des überdimensionalen Cocktailglases in meiner Hand, und das Forum Hotel mitsamt seinen Roulette-Tischen und Doppelbetten rutschte in eine riesige Kehle, und ich könnte gerade noch in eine Ecke neben der Bar flüchten, mich an den Eisschrank klammern, notfalls eine halbe Flasche Whisky durch meine Kehle jagen, um dann im Einklang mit diesem Wegrutschen der Außenwelt –

Vorher wurde ich stutzig. Weihnachten war nicht vorgesehen für den Weltuntergang, Weltuntergang, das war Mai, Weltuntergang, das war der Tag, an dem meine Mutter geboren worden war, wie sie immer mal wieder angeberisch sagte, und ich sah ÜBERHAUPT nicht ein, wieso ich, durchschnittliche einssechzig groß und blond, bei einer so schlechten Dramaturgie draufgehen sollte. Ich setzte also zu einem gewaltigen historischen und hysterischen Gezeter an, um gegen so viel Unverstand zu protestieren –

Als die Sieben fiel.

Die Sieben.

Meine Zahl.

Ich hatte in einem Anflug großer Gleichgültigkeit die Chips mehr geworfen als gesetzt, also gewissermaßen hingeschludert, und jetzt lagen sie zu dritt übereinander an der richtigen Stelle.

Meine Freundin vom Dorf, die jetzt Berenice hieß, sah mich an.

»Mein Gott«, sagte sie. Und gleich darauf: »Meene Jüte, dit jing ja fix. Damit ha ick ja jetz nich jerechnet.« Ich kapierte nichts und hatte einen Haufen Geld gewonnen.

Als wäre nichts gewesen, nahm sie meine Hand, und während ich trottelig hinter ihr her zum Ausgang lief, sah ich, wie das Paillettending ihr aalglatt vom Körper glitt. Falsche Schönheit bröselt in zu hellem Licht, und ihre bröselte so lange und vollständig, bis ich darunter meine Freundin wiederfand.

Die vor Freude schlimmer berlinerte als je zuvor.

In der U-Bahn konnte ich sie endlich zur Rede stellen. Sie hatte die letzten zwei Wochen recherchiert.

»Investigiert ha ick, schurnalistisch investigiert.« Und dabei hatte sie herausgefunden, daß mein Vermieter absichtlich seit Monaten die Mieterhöhung vor mir geheimhielt. Er hatte den Postboten bestochen, der die Mahnungen immer mit unbekannt verzogen zurückschickte, so daß ich sie nie erhielt und er am Ende sagen konnte, ich sei mit der Miete im Rückstand, obwohl er mich ordnungsgemäß informiert habe. Er hatte mich auf diese perfide Weise gleich nach Weihnachten hinauswerfen wollen, um das Haus sanieren und die Mieten erhöhen zu können. Sein Anruf war eine Drohung gewesen, um mich schon mal ordentlich einzuschüchtern, damit ich nicht am Ende zum Mieterschutzbund lief.

Ich war meiner Freundin vom Dorf sehr dankbar.

Mich störte nur ein bißchen, daß sie sich damit so aufspielte.

Aber ich hatte die Sieben. Als niemand zu uns herübersah, drückte ich ihr einen kleinen Kuß auf ihre aufgeregte rote Wange.

Und als wir spät in der Nacht aus der U-Bahn stiegen, war auf einmal Weihnachten vorbei. Ein Mann kippte seinen Baum aus dem offenen Fenster.

Weihnachten war nicht unumgänglich.

»Ha ick's nich jesacht!«

Aber dann war ich mir plötzlich nicht mehr sicher. Bis heute habe ich zum Beispiel nicht herausgefunden, woher sie von meinem Traum wußte. Ich bin mir nicht sicher, ob das Ganze nicht eine Inszenierung war, damit sie eben am Ende recht behielt. Das war eine ihrer Lieblingsbeschäftigungen. Doch noch in einem Winkel ihres Lebens recht zu haben. Hin und wieder. Wenigstens privat.

Denn ich meine: Postboten bestechen?

ERICH KÄSTNER

Weihnachtslied, chemisch gereinigt

Morgen, Kinder, wird's nichts geben!
Nur wer hat, kriegt noch geschenkt.
Mutter schenkte euch das Leben.
Das genügt, wenn man's bedenkt.
Einmal kommt auch Eure Zeit.
Morgen ist's noch nicht so weit.

Doch ihr dürft nicht traurig werden,
Reiche haben Armut gern.
Gänsebraten macht Beschwerden,
Puppen sind nicht mehr modern.
Morgen kommt der Weihnachtsmann.
Allerdings nur nebenan.

Lauft ein bisschen durch die Straßen!
Dort gibt's Weihnachtsfest genug.
Christentum, vom Turm geblasen,
macht die kleinsten Kinder klug.
Kopf gut schütteln vor Gebrauch!
Ohne Christbaum geht es auch.

Tannengrün mit Osrambirnen –
lernt drauf pfeifen! Werdet stolz!
Reißt die Bretter von den Stirnen,
denn im Ofen fehlt's an Holz!
Stille Nacht und heilge Nacht –
Weint, wenn's geht, nicht! Sondern lacht!

Morgen, Kinder, wird's nichts geben!
Wer nichts kriegt, der kriegt Geduld!
Morgen, Kinder, lernt fürs Leben!
Gott ist nicht allein dran schuld.
Gottes Güte reicht so weit …
Ach, du liebe Weihnachtszeit!

KARL VALENTIN

»Heiliger Abend« – abgesagt

Das Weihnachtsfest ist wieder vorbei. – Das Christkindl hat einem Kind mehr, dem anderen weniger und manchen Kindern gar nichts gebracht, weil letztere die Enkelkinder eines Hypochonders sind.

Für einen hypochondrischen Vater (Hypochondrie heißt Überängstlichkeit!) oder eine solche Mutter ist es schwer, eine richtige Art Spielzeug zu finden, weil solche Eltern in jedem Spielzeug eine Gefahr für die Kinder befürchten. So ein Hypochondervater bin ich auch. Ich wollte meinen Enkelkindern Ski kaufen, aber die Kinder könnten damit stürzen und sich die Genicke brechen. – Gummibälle dagegen wären gefahrlos – oh, nein! Gummibälle kollern auf dem schmutzigen Boden umher; Bazillen, Bakterien, wie gesagt: Sämtliche Krankheitserreger bleiben daran haften, wandern von den Kinderhänden zum Mund, und infektiöse Kinderkrankheiten wie Scharlach, Masern – Altersschwäche u. dgl. sind die Folge – also: keine Gummibälle. Eine Kindereisenbahn? Nein – die geheizte Dampflokomotive könnte unter die Bettlade fahren, könnte umfallen, der Spiritus auslaufen, das Bett zu brennen anfangen, das Zimmer auch, die Kinder ebenso auch, und das Unglück wäre geschehen. – Bleisoldaten sind schon ganz ausgeschlossen, denn von Bleivergiftung hat man schon viel gehört. –

Ein Steinbaukasten kommt schon gar nicht in Frage; wie leicht kommen die Kinder in Streit, werfen sich gegenseitig einen Stein an die Schläfe, man denke an David und den Riesen-Goliath. –

Ein Farbkasten ist harmlos, aber beim Malen von grünen Bäumen verwendet man grüne Farben. Grün setzt Grünspan an, Grünspan ist Gift – also wieder eine Gefahr für die Kinder. –

Geduldspiele sind für Kinder wiederum nicht zu empfehlen, da den Kindern schon in jungen Jahren die Geduld reißen kann, und ein nervöses Leiden ist unausbleiblich. – Papierdrachen zwingen die Kinder zum Spielen im Freien – frische Luft ist den Kindern gesund –, aber wenn der Drache in der Luft fliegt, schauen die Kinder nach oben, laufen schließlich in ein daherrauschendes Auto hinein und kommen unter die Räder. – Eine Flobertpistole – um Gottes willen, Schusswaffen in Kinderhänden, davor wird immer gewarnt! – Trommeln und Trompeten sind an sich harmlos, aber da machen die Kinder wieder zu viel Lärm – die Hausbewohner beschweren sich – die Eltern bekommen mit diesen Streit – Gerichtsverhandlung, notgedrungen Beleidigung, bietet nicht aus; also Trommeln und Trompeten auch nicht das Richtige. – Badehosen für den Sommer zum Baden? Die Kinder gehen zum Baden und könnten ertrinken. – Eine Zimmerschaukel? Strick reißt – Hals- und Beinbruch. – Kleine farbige Schusser aus Stein, zum Kugeln – sehr gefährlich. Die Kinder verschlucken oft aus Übermut solche Kugeln, der Arzt kuriert auf Gallensteine – und wer ist schuld? Die unvernünftigen Eltern. – Also gut, kein Spielzeug zur Bescherung, sondern nur ein Weihnachtsbaum mit brennenden Kerzen. Halt! Soeben fällt mir eine Zeitungsnotiz ein: Am Hl. Abend entstand in der Bahnhofstraße Nummer 13 ein Zimmerbrand. Eine zu nahe an der Fenstergardine brennende Kerze entzündete dieselbe, griff mit rasender Schnelligkeit um sich, und im Nu standen die Fenstervorhänge nebst Brisbis in hellen Flammen. Die sofort herbeieilende Feuerwehr bekämpfte mit zwei Schlauchlagen die drohende Gefahr. Statt der Bescherung kam also die Feuerwehr ins Haus. Dann lieber auch keinen Weihnachtsbaum wegen Feuersgefahr. – Ich muss es selbst sagen: Der Hl. Abend war zwar mies, aber – gefahrlos.

ARTHUR CONAN DOYLE

Die Geschichte des blauen Karfunkels

Am zweiten Tag nach Weihnachten sprach ich vormittags bei meinem Freund Sherlock Holmes vor, um ihm meine Glückwünsche zum Fest darzubringen. Ich traf ihn in einem purpurroten Schlafrock auf dem Sofa liegend, die lange Pfeife neben sich, ganz begraben unter einem Stoß von Morgenzeitungen. Neben dem Sofa stand ein Holzstuhl, an dessen Lehne ein ruppiger, unappetitlicher steifer Filzhut, an mehreren Stellen eingedrückt und längst nicht mehr gebrauchsfähig, aufgehängt war. Ein Vergrößerungsglas und eine Pinzette auf dem Sitz des Stuhles deuteten an, dass der Hut zum Zweck seiner Untersuchung dort hing.

»Du bist beschäftigt«, sagte ich. »Ich störe dich vielleicht?«

»Durchaus nicht. Es ist mir im Gegenteil ganz erwünscht, mit einem guten Bekannten über die Ergebnisse meiner Untersuchung sprechen zu können. Der Gegenstand ist ein ganz alltäglicher« – dabei deutete er mit dem Daumen nach dem alten Hut hin –, »aber die weiteren Umstände, die mit demselben im Zusammenhang stehen, sind nicht ganz uninteressant, ja sogar einigermaßen lehrreich.«

Ich setzte mich in seinen Armstuhl und wärmte mir die Hände an seinem prasselnden Feuer, denn es war scharfer Frost eingetreten, und die Fenster waren mit einer dicken Eiskruste überzogen. »Vermutlich«, bemerkte ich, »steckt hinter diesem Ding da, so harmlos es aussieht, irgendeine Mordgeschichte und bildet es für dich den Anhaltspunkt zur Entdeckung irgendeines Geheimnisses und zur Bestrafung eines Verbrechens.«

»Nein, nein! Nichts von Verbrechen«, versetzte Holmes lachend, »nur einer jener absonderlichen kleinen Zwischenfälle, wie sie immer vorkommen, wo sich doch Millionen menschlicher Wesen auf einem Raum von wenigen Quadratmeilen drängen. Bei den wechselseitigen Reibungen eines so dichtgeballten Menschenschwarms darf man sich auf alle möglichen Verkettungen von Umständen gefasst machen und bietet sich so manches kleine Rätsel zur Lösung dar, das, ohne verbrecherischer Natur zu sein, des Überraschenden und Sonderbaren genug enthält. Wir haben schon mehr dergleichen erlebt. Nun, ich zweifle nicht, dass auch dieser kleine Fall zu dieser unschuldigen Sorte gehören wird. Du kennst doch Peterson, den Kommissionär?«

»Ja.«

»Ihm gehört diese Trophäe.«

»Es ist sein Hut?«

»Doch nicht, er hat ihn gefunden. Der Eigentümer desselben ist unbekannt. Ich bitte dich jetzt, in dem Hut nicht einen alten, ruppigen Filz, sondern vielmehr einen Prüfstein für unsern Scharfsinn sehen zu wollen. Vor allem also höre, wie derselbe hierherkam; er machte seine Aufwartung am Christfestmorgen in Gesellschaft einer guten, fetten Gans, welche ohne allen Zweifel jetzt gerade in Petersens Küche gebraten wird. Die Sache trug sich folgendermaßen zu: Etwa um vier Uhr am Christfestmorgen ging Peterson – wie du weißt, ein höchst anständiger Bursche – von einer kleinen Lustbarkeit nach Hause, wobei ihn sein Weg durch Tottenham Court Road führte. Vor ihm her ging, wie er beim Schein der Laterne bemerkte, mit etwas schwankenden Schritten ein hochgewachsener Mann, der eine weiße Gans auf der Schulter trug. An der Ecke von Goodge Street bekam er Streit mit ein paar Gassenjungen. Einer derselben stieß ihm den Hut herunter, worauf er seinen Stock erhob, um sich zu verteidigen, und dabei schlug er das hinter ihm befindliche Ladenfenster ein. Peterson hatte seinen Schritt beschleunigt, um den Unbekannten gegen seine Angreifer zu beschützen. Dieser ließ jedoch in seinem Schrecken über das zerbrochene Fenster und das eilige Herannahen des beamtenähnlich aussehenden Kommissionärs seine Gans fallen, machte sich auf die Socken und verschwand in dem Gewirr von Gässchen hinter Tottenham Court Road.

Die Straßenjungen hatten sich bei Petersens Erscheinen gleichfalls davongemacht, so dass er nun Herr des Schlachtfeldes blieb und den zerknüllten Hut sowie die ganz annehmbare Weihnachtsgans als Siegesbeute betrachten durfte.«

»Die er gewiss dem Eigentümer wieder zustellte!«

»Mein lieber Junge, da steckt ja eben das Rätsel. Freilich befand sich an dem linken Bein des Tieres eine kleine Karte, auf der die Worte: ›Für Mr. *Henry Baker*‹ geschrieben standen, und desgleichen stehen die Anfangsbuchstaben H. B. innen auf dem Futter dieses Hutes, aber da es in London ein paar tausend Baker und ein paar hundert Henry Baker gibt, so ist es keine leichte Sache, einem derselben einen verlorenen Gegenstand wieder zuzustellen.«

»Nun, was tat Peterson also?«

»Er übergab mir beides, Hut und Gans, am Christfestmorgen, da er wohl weiß, dass ich mich auch für den kleinsten rätselhaften Fall interessiere. Die Gans behielt ich bis heute Morgen, wo ich bemerkte, dass es trotz des frostigen Wetters geraten sei, sie ohne weiteren Verzug zu verspeisen. Ihr Finder hat sie deshalb mitgenommen, um sie der endgültigen Bestimmung aller Gänse entgegenzuführen, während ich den Hut des unbekannten Herrn, der so um seinen Weihnachtsbraten gekommen ist, noch hier habe.«

»Hat dieser keine Anzeige erlassen?«

»Nein.«

»Wie konntest du dir denn nun einen Anhaltspunkt für seine Identität verschaffen?«

»Lediglich auf dem Wege der Schlussfolgerung.«

»Aus diesem Hut?«

»Ganz gewiss.«

»Ach, du machst Scherz; was kannst du denn aus diesem alten, zerknüllten Filz entnehmen?«

»Hier ist meine Lupe. Du weißt ja, wie ich es mache. Sieh einmal selbst, was der Hut über die Person seines bisherigen Trägers sagt.«

Ich nahm den alten Felbel und drehte ihn recht rat- und hilflos in den Händen herum. Es war ein ganz gewöhnlicher schwarzer Hut, von der althergebrachten runden Form, steif und längst nicht mehr salonfähig. Das Futter war von roter Seide gewesen, hatte jedoch die Farbe verloren. Der Name des Fabrikanten fand sich nicht darin, dagegen waren, wie Holmes bereits bemerkt hatte, die Buchstaben H. B. auf der einen Seite hineingepresst. Am Band befand sich ein Knopf für einen Huthalter, die Gummischnur fehlte jedoch; im Übrigen war der Hut voller Knicke, äußerst staubig und an mehreren Stellen befleckt; es war jedoch anscheinend der Versuch gemacht worden, die betreffenden Stellen durch Beschmieren mit Tinte zu verdecken.

»Ich vermag nichts zu sehen«, sagte ich, indem ich den Hut meinem Freund zurückgab.

»Im Gegenteil, Watson, du kannst alles Mögliche sehen. Du versäumst nur, deine Schlüsse aus dem zu ziehen, was du siehst. Du gehst zu schüchtern dabei zu Werke.«

»Dann bitte, sprich, was du aus diesem Hut zu entnehmen vermagst.«

Er nahm denselben vor sich und betrachtete ihn in der ihm eigenen prüfenden Weise.

»Er gibt vielleicht nicht so viel Aufschluss, als er wohl geben könnte«, bemerkte er. »Und doch lassen sich aus dem Hut ein paar Schlüsse mit aller Bestimmtheit, und wieder ein paar andere wenigstens mit einem hohen Grad von Wahrscheinlichkeit ableiten. Dass der Mann ein bedeutendes Denkvermögen besitzt, drängt sich einem auf den ersten Blick auf, ebenso, dass derselbe im Lauf der letzten drei Jahre sich in ziemlich ordentlichen Verhältnissen befand, obwohl jetzt schlimme Tage über ihn gekommen sind. Er hielt vordem auch etwas auf sich, doch ist dies jetzt nicht mehr in demselben Grad der Fall wie früher; offenbar befindet er sich in einem moralischen Rückgang, der, zusammengenommen mit der Verschlechterung seiner Vermögensumstände, auf irgendeinen schlimmen Einfluss, wahrscheinlich Trunksucht, hinweist. Dies mag auch die Schuld an dem offenbaren Umstand tragen, dass seine Frau ihm nicht mehr besonders zugetan ist.«

»Mein lieber Holmes!« –

»Trotzdem hat er sich noch ein gewisses Maß von Selbstachtung bewahrt«, fuhr dieser fort, ohne meinen Einwurf zu beachten. »Es ist ein Mann, der eine sitzende Lebensweise führt, wenig ausgeht, an starke Bewegung gar nicht mehr gewöhnt ist, in mittlerem Alter steht und gräuliche Haare hat, die er erst in den allerletzten Tagen hat schneiden lassen und die er mit Pomade einfettet. Dies sind die Tatsachen, die sich mit ziemlicher Sicherheit aus seinem Hut entnehmen lassen. Beiläufig bemerkt ist es außerdem im höchsten Grade unwahrscheinlich, dass er Beleuchtung auf seiner Treppe hat.«

»Du treibst ganz gewiss Scherz, Holmes.«

»Nicht im mindesten. Ist es möglich, dass du jetzt, nachdem ich dir diese Ergebnisse mitgeteilt, noch nicht einmal einsiehst, wie ich dazu gelangt bin?«

»Ich bin ohne Zweifel recht dumm, aber ich muss gestehen, ich vermag dir nicht zu folgen. Zum Beispiel, wie kamst du darauf, dass der Mann ein bedeutendes Denkvermögen besessen habe?«

Als Antwort stülpte Holmes den Hut auf seinen Kopf. Er fiel ihm ganz über die Stirne herein, so dass er auf der Nasenwurzel aufsaß.

»Das ist lediglich eine Raumfrage«, versetzte er, »wer einen so mächtigen Schädel besitzt, hat auch in der Regel was Rechtes darinnen.«

»Nun, dann der Rückgang seiner Vermögensverhältnisse?«

»Dieser Hut ist drei Jahre alt. Diese flachen, am Rand aufgebogenen Krempen kamen damals auf. Es ist ein Hut allererster Qualität. Sieh nur das Band von gerippter Seide und das ausgezeichnete Futter. Wenn dieser Mann vor drei Jahren imstande war, sich einen so teuren Hut anzuschaffen und seither keinen neuen mehr gehabt hat, so ist er sicherlich in seinen Verhältnissen zurückgekommen.«

»Nun, das ist allerdings klar genug. Aber wie steht es damit, dass er früher etwas auf sich gehalten habe und jetzt sich in moralischem Rückgang befinde?«

Holmes lachte. »Seine frühere Fürsorglichkeit und Ordnungsliebe sitzen hier«, erwiderte er, indem er seinen Finger auf die kleine Schleife und den Knopf des Huthalters legte. »Im Laden bekommt man nie einen Huthalter mit. Wenn dieser Mann sich also einen solchen anschaffte, so beweist dies einen gewissen Grad von Sorgsamkeit, indem er eine außergewöhnliche Maßregel zum Schutz gegen den Wind traf. Aber da wir weiter sehen, dass er, nachdem das Gummiband abgerissen war, sich nicht die Mühe gab, solches zu erneuern, so ist es ganz klar, dass er jetzt nicht mehr so viel auf sich hält, und dies ist ein sicheres Anzeichen eines allgemeinen Rückgangs. Er hat sich allerdings andererseits bemüht, einige Flecken auf dem Filz mit Tinte zu verdecken, was darauf hinweist, dass er noch nicht alle Selbstachtung verloren hat.«

»Dagegen lässt sich freilich nichts einwenden.«

»Die weiteren Punkte, nämlich dass er in mittleren Jahren steht, dass er gräuliches, frisch geschnittenes Haar hat und für dieses Pomade gebraucht, ergeben sich sämtlich aus einer genauen Prüfung des unteren Teils des Futters. Unter der Lupe sieht man eine große Anzahl durch die Schere des Barbiers glatt abgeschnittener Haarspitzen, die sämtlich ankleben und deutlich nach Pomade riechen. Dieser Staub ist, wie du bemerken wirst, nicht der sandige Staub der Straße, sondern der weiche braune Hausstaub, der zeigt, dass der Hut die meiste Zeit zu Hause hing, während die Platten auf der Innenseite desselben mit Bestimmtheit beweisen, dass sein Träger gewaltig schwitzen musste und deshalb kaum ein starkes Gehen gewöhnt sein konnte.«

»Aber seine Frau? Du sagtest ja schon, dass sie nicht mehr so gut mit ihm lebe.«

»Dieser Hut ist seit Wochen nicht mehr ausgebürstet worden. Sollte ich einmal dir, mein lieber Watson, mit dem Staub einer ganzen Woche auf deinem Hut begegnen und hätte dich deine Frau in einem solchen Zustand ausgehen lassen, so müsste ich wirklich fürchten, es habe dich gleichfalls das Unglück betroffen, die Liebe deiner Frau zu verlieren.«

»Aber er konnte doch auch Junggeselle sein.«

»Nein, er brachte die Gans als Friedensstifterin seiner Frau nach Hause. Denke nur an die Karte, die sie an dem einen Bein trug.«

»Du weißt auf alles Antwort, aber wie in aller Welt willst du aus dem Hut entnehmen, dass er keine Treppenbeleuchtung habe?«

»Ein Talgfleck oder auch zwei können zufällig entstehen, aber wenn ich deren nicht weniger als fünf wahrnehme, so ist es kaum zweifelhaft, dass der Mann öfters mit brennendem Talg in Berührung gekommen sein muss – er hielt vermutlich, wenn er nachts die Treppe hinaufging, den Hut in der einen Hand und in der andern ein tropfendes Talgstümpchen. Jedenfalls bekommt er niemals Talgflecken von einer Glühbirne. Bist du nun zufrieden?«

»Nun ja, das ist ja allerdings höchst scharfsinnig«, erwiderte ich lachend, »aber da, wie du eben bemerkt hast, kein Verbrechen vorliegt und außer dem Verlust einer Gans auch kein Schaden entstanden ist, so kommt es mir vor, als sei das alles doch eine recht überflüssige Mühe.«

Holmes hatte eben die Lippen geöffnet zu einer Erwiderung, als die Tür aufgerissen wurde und Peterson, der Kommissionär, mit hochgeröteten Wangen und allen Zeichen höchster Erregung hereinstürzte. »*Die Gans, Mr. Holmes! Die Gans!*«, stotterte er hervor.

»Nun, was ist denn damit los? Ist sie wieder lebendig geworden und zum Küchenfenster hinausgeflogen?« Holmes drehte sich auf dem Sofa herum, um dem Mann besser in sein erregtes Gesicht blicken zu können.

»Sehen Sie hier. Das hat meine Frau in ihrem Kropf gefunden.« Dabei streckte er die Hand aus, auf deren innerer Fläche ein prächtig funkelnder blauer Stein sichtbar wurde, etwas kleiner als eine Bohne, aber so klar und strahlend, dass derselbe in der dunklen Höhlung seiner Hand blitzte wie ein elektrischer Funke.

Mit einem Ruck richtete sich Holmes auf. »Hui!«, rief er, »beim Himmel, Peterson, das heißt ja wahrhaftig einen Schatz finden. Ich denke, Sie wissen doch, was sie da erwischt haben?«

»Einen Diamanten. Einen kostbaren Stein. Er schneidet Glas, als ob es Kitt wäre.«

»Es ist mehr als ›ein‹ kostbarer Stein. Es ist geradezu *der* kostbarste Stein.«

»Doch nicht der blaue Karfunkel der Gräfin von Morcar?«, rief ich dazwischen.

»Doch freilich; ich muss ja ganz genau wissen, wie er aussieht, habe ich doch in letzter Zeit Tag für Tag die ihn betreffende Anzeige in der *Times* gelesen. Er ist ganz einzig, und sein Wert lässt sich nur vermuten. Aber die Belohnung von tausend Pfund, die auf seine Beibringung ausgesetzt ist, stellt sicherlich noch nicht den zwanzigsten Teil seines Verkaufswertes dar.«

»Tausend Pfund. Großer, gütiger Gott!«

Peterson starrte auf einen Stuhl und starrte uns der Reihe nach an.

»Diese Belohnung ist darauf ausgesetzt, und ich habe Grund anzunehmen, dass dabei Erwägungen zarter Natur im Hintergrund stehen, denen zuliebe die Gräfin für die Beibringung des Steins gern ihr halbes Vermögen hingeben würde.«

»Er kam, wenn ich mich recht erinnere, im Hotel Cosmopolitan abhanden«, bemerkte ich.

»Gewiss; am 22. Dezember, genau vor fünf Tagen. Der Klempner John Horner wurde bezichtigt, ihn aus dem Schmuckkästchen der Dame entwendet zu haben. Die Anzeichen gegen ihn waren so schwer, dass der Fall vor die Geschworenen verwiesen wurde. Ich glaube, da kommt irgendwo ein Bericht darüber.« Er suchte unter seinen Zeitungen und fand auch wirklich den betreffenden Artikel.

Dieser lautete:

»Juwelendiebstahl im Hotel Cosmopolitan. – John Horner, 26 Jahre alt, Klempner, stand unter der Anklage, am 22. dieses aus dem Schmuckkästchen der Gräfin von Morcar den unter dem Namen ›der blaue Karfunkel‹ bekannten kostbaren Stein entwendet zu haben, James Ryder, erster Hausdiener im Hotel, bezeugte, er habe den Horner am Tag des Diebstahls nach dem Toilettenzimmer der Gräfin gewiesen, wo derselbe eine Stange des Kaminrostes, die lose war, wieder anbringen sollte. Er war kurze Zeit bei Horner geblieben, jedoch schließlich abgerufen worden. Bei seiner Rückkehr fand er Horner nicht mehr vor und entdeckte gleichzeitig, dass der Schreibtisch erbrochen worden war und das kleine Maroquinkästchen, worin, wie sich später herausstellte, die Gräfin ihre Juwelen aufzubewahren pflegte, leer auf dem Tisch stand. Ryder schlug augenblicklich Lärm, und Horner wurde noch am selben Abend festgenommen, ohne dass jedoch der Stein bei ihm selbst oder in seiner Behausung gefunden worden wäre. Katharina Cusack, Kammermädchen der Gräfin, welche auf den Schrei, den Ryder bei seiner Entdeckung ausstieß, zu diesem ins Zimmer geeilt war, wusste lediglich Ryders Angaben über den dortigen Befund zu bestätigen. Polizeiinspektor Bradstreet, über die Verhaftung Horners als Zeuge vernommen, erklärte, dass dieser sich dabei wie wütend gewehrt und seine Unschuld hoch und teuer versichert habe. Da gegen denselben eine Vorbestrafung wegen Diebstahls vorlag, so lehnte der Untersuchungsbeamte eine summarische Behandlung der Anklage ab und verwies dieselbe an das Schwurgericht. Horner, der schon während des ganzen Verfahrens hochgradige Erregung gezeigt hatte, wurde bei der Schlussverhandlung ohnmächtig, so dass er aus dem Saal getragen werden musste.«

»Hm! So viel, was die Gerichtsverhandlung betrifft«, fügte Holmes nachdrücklich bei, indem er die Zeitung wegschob. »Unsere Aufgabe ist es jetzt, den Faden aufzufinden, der uns von dem erbrochenen Schmuckkästchen, mit dem die Geschichte begann, bis zum Gänsekropf am Schluss leitet. Du siehst, Watson, unsere kleinen Erhebungen haben mit einem Mal ein weit gewichtigeres und weniger unschuldiges Gesicht bekommen. Der Stein ist hier, der Stein stammt aus der Gans, und die Gans von Mr. Henry Baker, dem Herrn mit dem schlechten Hut und all den besonderen Kennzeichen, mit denen ich dir so viel zu schaffen machte. So müssen wir denn nun allen Ernstes darangehen, diesen Herrn und die Rolle, die er in dieser geheimnisvollen Geschichte gespielt hat, zu ermitteln. Zu dem Ende müssen wir es zunächst mit dem einfachsten Mittel versuchen, und das wäre zweifellos eine Anzeige in sämtlichen Abendzeitungen. Schlägt dieses fehl, so werde ich zu anderen Mitteln greifen.«

»Wie willst du denn die Anzeige abfassen?«

»Gib mir einen Bleistift und diesen Streifen Papier. Also:

›Gefunden an der Ecke von Goodge Street eine Gans und ein schwarzer Filzhut. Mr. Henry Baker kann die Gegenstände heute Abend um 6½ Uhr in Nr. 221 Baker Street abholen.‹

Das ist klar und kurz beisammen.«

»Allerdings; aber wird er es auch zu Gesicht bekommen?«

»Nun, sicherlich wird er die Zeitungen mit Aufmerksamkeit verfolgen, denn für einen armen Mann wie ihn ist sein Verlust kein geringer. Offenbar war er durch sein Missgeschick mit dem Fenster so bestürzt, dass er bei Petersens Erscheinen an nichts als Flucht dachte, aber seither hat er ganz gewiss den raschen Entschluss, seine Gans fallen zu lassen, bitter bereut. Dann wird auch die Nennung seines Namens dazu beitragen, dass es ihm zu Gesicht kommt, denn jeder, der ihn kennt, wird seine Aufmerksamkeit darauf lenken. Da Sie gerade da sind, Petersen, laufen Sie doch mal schnell auf das Zeitungsbüro und lassen Sie das in die Abendblätter einrücken.«

»In welche?«

»Oh, in den *Globe*, den *Star*, die *Pall Mall*, *St. James*, *Evening News*, *Standard*, *Echo* und sonst noch in einige, die Ihnen gerade einfallen.«

»Ganz gut; und dieser Stein?«

»Ach ja, den will ich bei mir behalten. Danke schön. Und dann, Petersen, bringen Sie mir auf dem Rückweg nur gleich eine Gans mit, wir müssen doch dem Eigentümer eine andere geben als Ersatz für die, welche eben bei Ihnen verzehrt wird.«

Als Petersen fort war, nahm Holmes den Stein und hielt ihn gegen das Licht. »Ein allerliebstes Ding!«, sagte er. »Sieh nur, wie es blitzt und funkelt, der reinste Sammel- und Brennpunkt für Verbrechen. So ist es mit allen echten Steinen. Sie sind des Teufels Lieblingsköder. Bei den größeren älteren Steinen kann man für jede Facette eine Bluttat in Rechnung nehmen. Dieser ist noch keine zwanzig Jahre alt. Er stammt aus den Bänken am Amoy-Fluss im Norden Chinas und zeichnet sich dadurch aus, dass er alle besonderen Merkmale eines Karfunkels hat, ausgenommen, dass er im Dunkeln einen blauen Schein wirft anstatt eines rubinroten. Trotz seiner Jugend hat derselbe schon eine recht traurige Geschichte. Zwei Mordtaten, eine Begießung mit Schwefelsäure, einen Selbstmord und mehrere Diebstähle hat dieses vierzig Gran schwere Stückchen kristallisierten Kohlenstoffs auf dem Gewissen. Wer sollte in diesem niedlichen Schmuckgegenstand den eifrigsten Werber für Galgen und Zuchthaus vermuten? Ich will den Stein jetzt in meiner Sicherheitskassette verschließen und der Gräfin mit einer Zeile sagen, dass wir ihn haben.«

»Hältst du diesen Horner für unschuldig?«

»Das kann ich nicht sagen.«

»Nun, denkst du dann, dass dieser andere, der Henry Baker, hinter dieser Sache steckt?«

»Ich halte es für weit wahrscheinlicher, dass Henry Baker ein ganz unschuldiger Mensch ist, der keine Idee davon hat, dass die Gans, die er trug, ein Beträchtliches mehr wert war, als wäre sie von purem Gold gewesen. Das werde ich übrigens auf ganz einfache Weise feststellen, wenn wir erst eine Antwort auf unsere Anzeige haben.«

»Und bis dahin kannst du nichts tun?«

»Nichts.«

»Nun, dann werde ich meinen gewohnten Rundgang bei meinen Patienten machen und heute Abend zu der angegebenen Stunde wieder hier sein, denn ich möchte doch gern sehen, wie dieser verwickelte Knoten sich auflöst.«

»Wird mir sehr angenehm sein, auf Wiedersehen also. Um sieben Uhr ist das Abendessen fertig, ich glaube es gibt Rebhühner. Eigentlich sollte ich, angesichts unserer neuesten Erlebnisse, der Köchin gleich den Auftrag geben, dass sie ihnen die Kröpfe vorher untersucht.«

Ich hatte mich ein wenig verspätet, und es war etwas nach halb sieben Uhr, als ich mich wieder in der Bakerstraße einfand. Indem ich auf das Haus zuschritt, sah ich vor demselben einen großen Mann mit einer karierten Mütze auf dem Kopf und einem bis unters Kinn zugeknöpften Rock innerhalb des halbkreisförmigen Scheins der Laterne stehen und warten. Jetzt wurde eben die Tür geöffnet, und wir traten beide gleichzeitig in Holmes' Zimmer ein.

»Mr. Henry Baker vermutlich«, begann dieser, indem er sich aus seinem Lehnstuhl erhob und seinen Besucher mit der herzlichsten Freundlichkeit begrüßte, die er so leicht anzunehmen verstand. »Bitte, setzen Sie sich hier auf diesen Stuhl beim Feuer, Mr. Baker. Es ist eine kalte Nacht heute, und es scheint mir, der Sommer ist Ihnen zuträglicher als der Winter. Ha, Watson, du bist gerade zur rechten Zeit gekommen. Ist dies Ihr Hut, Mr. Baker?«

»Jawohl. Das ist unzweifelhaft mein Hut.«

Baker war ein großer breitschultriger Mann mit einem starken Kopf und einem offenen, gescheiten Gesicht, das in einem spitzen, mit etwas Grau gemischten Bart endigte. Ein rötlicher Schein auf Nase und Wangen zusammen mit einem leichten Zittern seiner ausgestreckten Hand gemahnte an die Vermutung, die Holmes bezüglich seiner Gewohnheiten geäußert hatte. Sein fettiger schwarzer Rock war bis oben zugeknöpft, der Kragen heraufgeschlagen, und seine langen Handgelenke standen weit aus den Ärmeln hervor, ohne dass eine Spur einer Manschette oder eines Hemdes zu bemerken gewesen wäre. Er sprach langsam und abgebrochen, wobei er seine Worte sorgfältig wählte, und machte in allem den Eindruck eines gebildeten, durch die Ungunst des Schicksals heruntergekommenen Mannes.

»Wir haben diese Sachen ein paar Tage lang behalten«, erklärte Holmes, »weil wir dachten, wir würden durch eine Anzeige von Ihrer Seite Ihre Adresse erfahren. Ich verstehe nicht, warum Sie keine Anzeige erließen.«

Unser Besuch ließ ein ziemlich verlegen klingendes Lachen hören. »Mit meiner Kasse ist es in letzter Zeit nicht mehr so flott bestellt, wie wohl sonst«, versetzte er. »Ich war fest überzeugt, dass die Strolche Hut und Gans mit fortgenommen haben, und wollte für einen hoffnungslosen Versuch ihrer Wiederbeischaffung nicht noch mehr Geld ausgeben.«

»Ganz natürlich. Apropos, was die Gans betrifft, so haben wir sie aufessen müssen.«

»Aufessen?« Dabei stand er vor Erregung halb vom Stuhl auf.

»Ja, wissen Sie, wenn wir es nicht getan hätten, so hätte niemand etwas davon gehabt. Aber ich denke, die andere Gans, die dort auf dem Nebentisch liegt und die nahezu ebenso schwer und vollkommen frisch ist, wird Ihnen ganz denselben Dienst tun.«

»O freilich, freilich!«, erwiderte Mr. Baker mit einem Seufzer der Erleichterung.

»Natürlich haben wir noch Federn, Beine, Kopf und so fort von Ihrer eigenen Gans, und wenn Sie wünschen –«

Der Mann brach in ein herzliches Lachen aus. »Die könnte ich allenfalls als Reliquien meines Abenteuers aufheben«, meinte er, »aber sonst wüsste ich nicht, was ich mit den Überbleibseln meiner alten Bekannten eigentlich anfangen sollte. Nein, mit Ihrer Erlaubnis gedenke ich meine Aufmerksamkeit ausschließlich dem vortrefflichen Exemplar zuzuwenden, das ich hier auf dem Nebentisch liegen sehe.«

Holmes warf mir einen scharfen Blick zu und zuckte dabei kaum merklich mit den Schultern.

»Nun, hier ist also Ihr Hut und hier die Gans«, sagte er; »beiläufig bemerkt, möchten Sie mir vielleicht sagen, woher Sie die andere Gans hatten? Ich bin nämlich ein wenig Geflügelnarr, und ein schöneres Tier ist mir selten vorgekommen.«

»Sehr gerne«, erwiderte Baker, der indessen aufgestanden war und seinen neu errungenen Besitz unter den Arm genommen hatte. »Ich bin mit ein paar meiner Bekannten Stammgast in der Wirtschaft zum Alpha, beim Museum. Dieses Jahr nun hat unser wackerer Wirt, Windigate mit Namen, die Einrichtung getroffen, dass jeder von uns gegen eine wöchentliche Einzahlung von ein paar Pence auf Weihnachten eine Gans erhielt. Ich entrichtete meinen Beitrag pünktlich, und das Übrige wissen Sie ja. Ich bin Ihnen sehr verpflichtet, denn eine karierte Mütze passt für meine Jahre ebenso wenig wie für mein gesetztes Wesen.« Mit komischer Grandezza stülpte er seinen zerknüllten Felbel auf, machte jedem von uns eine feierliche Verbeugung und ging dann seines Weges.

»Das wäre also Mr. Henry Baker«, sagte Holmes, als er die Tür hinter demselben geschlossen hatte. »Es ist ganz sicher, dass er nicht das Geringste von der Geschichte ahnt. Bist du hungrig, Watson?«

»Nicht besonders.«

»Dann schlage ich dir vor, wir nehmen unsere Mahlzeit erst später ein und verfolgen diese Spur, solange sie noch frisch ist.«

»Ganz einverstanden.«

Es war eine bitterkalte Nacht, und wir hüllten uns deshalb warm in Überröcke und Schals ein. Draußen blinkten die Sterne frostig am wolkenlosen Himmel, und die Vorübergehenden bliesen den Atem in dichten Dampfwolken vor sich. Scharf und laut klangen unsere Tritte, während wir unserem Ziel zustrebten. Nach einer Viertelstunde hatten wir Alpha-Inn, eine kleine Wirtschaft in einem Eckhaus in Bloomsbury, erreicht. Wir begaben uns ins Herrenstübchen, wo Holmes bei dem rotbackigen Wirt mit weißer Schürze zwei Glas Bier bestellte.

»Wenn Ihr Bier so gut ist wie Ihre Gänse, dann muss es ausgezeichnet sein«, sagte er.

»Meine Gänse?« – Der Mann schien überrascht.

»Ja. Es ist noch keine halbe Stunde her, dass ich mit Mr. Henry Baker gesprochen habe, der zu Ihrem Gänseclub gehört.«

»Ach ja, jetzt verstehe ich. Aber sehen Sie, die Gänse waren nicht von mir.«

»Wirklich? Von wem denn?«

»Nun, ich habe die zwei Dutzend von einem Händler in Covent Garden bezogen.«

»So? Ich kenne ein paar von ihnen; welcher war es?«

»Breckinridge heißt er.«

»Ah, den kenne ich nicht. Nun, auf Ihr Wohl, Wirt, und auf das Gedeihen Ihres Hauses! Gute Nacht!«

»Jetzt zu Mr. Breckinridge«, fuhr er fort, indem er beim Hinaustreten in die kalte Luft seinen Rock zuknöpfte.

»Vergiss nicht, Watson, dass unser Faden uns von einer höchst harmlosen Gans aus zu einem Mann führt, dem sieben Jahre Zwangsarbeit sicher sind, wofern wir nicht seine Unschuld nachweisen können. Möglich, dass unsere Nachforschung lediglich seine Schuld zu bestätigen vermag, aber in jedem Fall sind wir im Besitz einer Spur, welche der Polizei entgangen ist und die uns ein eigentümlicher Zufall in die Hand gespielt hat. Wir wollen den Faden verfolgen bis zum bittern Ende. Auf gen Süden also und frisch voran!«

Als wir nach längerer Kreuz-und-quer-Wanderung den Covent Garden-Markt erreicht hatten, lasen wir an einem der größten Geschäfte den Namen Breckinridge. Der Eigentümer, ein vierschrötig aussehender Mann mit scharfen Zügen und wohlgepflegtem Kotelettenbart, war gerade daran, mit Hilfe eines jungen Burschen die Läden zu schließen.

»Guten Abend. Eine kalte Nacht heute!«, sagte Holmes.

Der Händler nickte und warf einen fragenden Blick auf meinen Begleiter.

»Alle Ihre Gänse ausverkauft, soviel ich sehe«, fuhr Holmes fort, indem er auf die leeren Marmortische deutete.

»Können morgen früh 500 Stück haben.«

»Das hilft mir nichts.«

»Nun, dort gibt's ja noch welche, in dem Laden mit der Gaslaterne.«

»Ganz recht, aber ich bin an Sie empfohlen.«

»Von wem?«

»Vom Wirt zum Alpha.«

»Ah ja, dem habe ich ein paar Dutzend geschickt.«

»Es waren sehr schöne Tiere. Ei, wo hatten Sie die her?«

Zu meiner Überraschung rief diese Frage bei dem Händler einen Zornesausbruch hervor.

»Nun, Herr«, sagte er, indem er den Kopf zurückwarf und die Arme in die Seite stemmte, »wo wollen Sie eigentlich hinaus? Sprechen Sie sich deutlich aus, ohne Umschweife.«

»Das ist doch deutlich genug. Ich möchte gerne wissen, wer Ihnen die Gänse verkauft hat, die Sie an das ›Alpha‹ geliefert haben?«

»Nun, und ich sage es Ihnen nicht. Jetzt wissen Sie's!«

»Oh, es liegt nicht so viel daran, aber ich begreife gar nicht, warum Sie über eine solche Bagatelle so hitzig werden.«

»Hitzig? Sie würden wohl auch hitzig werden, wenn man Sie so kujonierte wie mich. Wenn ich gutes Geld für gute Ware gezahlt habe, so sollte das Geschäft abgemacht sein; aber nein, da geht's los: ›Wo sind die Gänse‹, ›an wen haben Sie die Gänse verkauft‹, ›was wollen Sie für die Gänse‹. Man könnte gerade glauben, es gäbe sonst keine Gänse auf der Welt, wenn man den Randal hört, den man darüber anschlägt.«

»Nun, wenn sonst noch Leute sich nach den Gänsen erkundigt haben, so habe ich mit denen nichts zu tun«, versetzte Holmes leichthin. »Wenn Sie's uns nicht sagen wollen, so ist's eben einfach nichts mit der Wette; aber wenn sich's um Geflügel handelt, bin ich jederzeit bereit, für das, was ich behaupte, auch etwas daranzusetzen; so habe ich fünf Schilling gewettet, dass die Gans, die ich an Weihnachten verzehrt habe, vom Land stammte.«

»Nun, dann haben Sie Ihre fünf Schilling verloren, denn es war Stadtware«, fuhr der Händler dazwischen.

»Ach – niemals.«

»Ich sag aber, es ist so.«

»Und ich glaub's nicht.«

»Wollen Sie mehr vom Geflügel verstehen als ich, der ich immer damit zu tun gehabt habe, seit ich krabbeln kann? Ich sage Ihnen, alle diese Gänse, die nach dem ›Alpha‹ gekommen sind, waren Stadtware.«

»Ich glaube es in meinem Leben nicht.«

»Wollen wir wetten?«

»Ich nehme Ihnen lediglich Ihr Geld ab, denn ich weiß, dass ich recht habe. Aber ich setze einen Sovereign dran, nur um Ihnen zu zeigen, dass ich nicht eigensinnig bin.«

Der Händler lachte grimmig auf. »Bring mir die Bücher, Bill!«, rief er. Der kleine Junge brachte ein kleines, dünnes Buch und ein großes mit fettigem Rücken herbei und legte beide aufgeschlagen unter die Hängelampe.

»Nun also, Sie eigensinniger Kauz«, sagte der Händler, »ich meinte, ich habe heut nichts mehr mit Gänsen zu tun, aber Sie sollen gleich sehen, dass doch noch eine hier im Laden ist. – Sie sehen das kleine Buch?«

»Nun?«

»Das enthält die Liste der Leute, von denen ich kaufe. Sehen Sie? Nun, also auf dieser Seite stehen die Leute vom Land, und die Nummern hinter ihren Namen zeigen an, wo in dem großen Buch ihre Konten stehen. Nun, und dann sehen Sie diese andere Seite in roter Tinte? Das ist die Liste meiner Stadtlieferanten. Jetzt suchen Sie den dritten Namen. Lesen Sie ihn mir einmal vor.«

»Mrs. Oakshott, 117 Brixton Road, 249«, las Holmes.

»So ist's. Nun schlagen Sie das im Kontobuch nach.«

Holmes schlug die angegebene Seite auf.

»Hier haben Sie's wieder: Mrs. Oakshott, 117 Brixton Road. Eier- und Geflügel-Lieferantin. Nun also, was ist der letzte Eintrag?«

»22. Dez. 24 Gänse zu 7 sh und 6 d.«

»So ist's. Da haben Sie's. Und drunter?«

»Verkauft an Herrn Widigate vom Alpha zu 12 Schilling.«

»Na, was haben Sie jetzt noch zu sagen?«

Holmes sah ganz niedergeschlagen aus, er zog einen Sovereign aus der Tasche, warf ihn auf den Tisch und ging hinaus mit einer Miene, als sei er zu tief entrüstet, um noch Worte zu finden. In einiger Entfernung blieb er unter einer Laterne stehen und brach in das ihm eigentümliche, herzliche und doch geräuschlose Lachen aus.

»Wenn du einen Burschen dieses Schlages vor dir hast, so kannst du ihn stets mit einer Wette drankriegen«, sagte er; »ich behaupte fest, wenn ich hundert Pfund vor den

Mann hingelegt hätte, er würde mir nie diese vollständige Auskunft gegeben haben, die ich jetzt von ihm erhielt durch die Aussicht, mir eine Wette abzugewinnen. Nun, Watson, ich glaube, wir nähern uns dem Ende unserer Forschungsreise, und es fragt sich jetzt nur noch, ob wir diese Mrs. Oakshott heute Abend noch aufsuchen oder ob wir dies für morgen aufsparen wollen. Aus dem, was der grobe Geselle sagte, geht klar hervor, dass auch noch andere Leute außer uns sich mit der Angelegenheit beschäftigt haben, und ich würde – «

Seine Bemerkungen wurden plötzlich durch ein lautes Geschrei unterbrochen, das von dem Laden, den wir soeben verlassen hatten, her klang. Wir kehrten um und sahen einen kleinen Burschen mit fahlem Gesicht mitten im hellen Schein der über der Ladentür hängenden Laterne stehen und sich vor dem Händler ducken, während dieser unter der Ladentür grimmig die Fäuste gegen ihn schüttelte.

»Jetzt habe ich's satt mit euch und euren Gänsen!«, schrie er dabei. »Ich wollte, Ihr wäret beim Teufel alle miteinander. Wenn du noch einmal kommst und mich mit deinem dummen Geschwätz kujonierst, so hetz ich den Hund auf dich! Mrs. Oakshott soll selber kommen, dann will ich ihr schon Rede und Antwort geben, aber was geht's denn dich an?«

»Nun, eine davon gehörte doch mir«, wimmerte der kleine Mann.

»Dann frage doch Mrs. Oakshott darnach!«

»Die hat mich ja an Sie gewiesen.«

»Nun, so frag, wen du willst, ich schere mich nichts drum. Ich hab es dick! Hinaus da!« Er machte eine drohende Bewegung vorwärts, und der Frager verschwand in der Finsternis.

»Ho, das erspart uns möglicherweise den Besuch in Brixton Road«, flüsterte Holmes, »komm mit mir, wir wollen sehen, was mit dem Burschen zu machen ist.«

Rasch hatte sich mein Begleiter zwischen den Gruppen, die vor den beleuchteten Ladenfenstern standen, durchgewunden, den kleinen Mann eingeholt und klopfte ihm nun auf die Schulter. Blitzschnell fuhr derselbe herum, und im Schein der Laterne sah ich, dass jede Spur von Farbe aus seinem Gesicht gewichen war.

»Nun, wer sind sie? Was wollen Sie?«, fragte er mit unsicherer Stimme.

»Entschuldigen Sie«, erwiderte Holmes freundlich, »aber ich konnte nicht umhin, bei Ihrem Gespräch mit dem Händler soeben zuzuhören; ich glaube, ich könnte Ihnen behilflich sein.«

»Sie? Wer sind Sie? Wie können Sie etwas über die Sache wissen?«

»Mein Name ist Sherlock Holmes. Es gehört zu meinem Geschäft, Dinge zu wissen, die andere Leute nicht wissen.«

»Aber davon können Sie doch nichts wissen.«

»Bitte um Entschuldigung, ich weiß alles. Sie möchten gerne ein paar Gänse ausfindig machen, die von Mrs. Oakshott in Brixton Road an den Händler Namens Breckinridge, von ihm wiederum an den Wirt Windigate zum Alpha, und von diesem an seine Stammgäste, zu denen ein Mr. Henry Baker gehört, verkauft worden sind.«

»Oh, Herr, Sie kommen mir wie gerufen«, rief der kleine Bursche mit ausgestreckten Händen und zitternden Fingern. »Sie glauben gar nicht, wie viel mir an der Sache liegt.«

Holmes rief einen vorüberfahrenden Mietswagen heran. »In diesem Fall wird es besser sein, wir sprechen darüber im gemütlichen Zimmer als auf diesem windigen Marktplatz«, meinte er. »Aber, bitte, sagen Sie mir zuvor, wem ich das Vergnügen habe, meinen Beistand zu leihen.«

Der Bursche zögerte einen Augenblick. »Ich heiße John Robertson«, antwortete er dann, indem er dabei auf die Seite blickte.

»Nein, nein, den richtigen Namen«, sagte Holmes freundlich. »Mit zweierlei Namen macht man nie gute Geschäfte.«

Eine plötzliche Röte übergoss die weißen Wangen des Burschen. »Nun denn«, sagte er, »mein richtiger Name ist James Ryder.«

»So ist es: erster Hausdiener im Hotel Cosmopolitan. Bitte, steigen Sie nur ein, und ich werde Ihnen jede Auskunft geben können, die Sie wünschen.«

Der kleine Mann blieb stehen und schaute einen um den andern von uns mit halb ängstlichem, halb hoffnungsvollem Blick an, als wisse er nicht recht, gehe er einem unerwarteten Glücksfall oder einer Katastrophe entgegen. Dann stieg er in den Wagen ein, und knapp zehn Minuten darauf befanden wir uns in der Wohnung meines Freundes. Kein Wort war während der Fahrt gewechselt worden, nur die scharfen, kurzen Atemzüge unseres Begleiters und ein nervöses Auf- und Zuklappen seiner Hände gaben Kunde von der Erregung seines Innern.

»Da wären wir«, sagte Holmes heiter, während wir in das Zimmer traten.

»Das Feuer mutet einen recht angenehm an bei diesem Wetter. Sie sehen erfroren aus, Mr. Ryder; bitte, setzen Sie sich in den Armstuhl. Ich will nur meine Pantoffeln anziehen, ehe wir diese kleine Sache abmachen; nun also, Sie möchten gerne wissen, was aus den Gänsen geworden ist?«

»Jawohl, Herr.«

»Oder besser gesagt aus *der* Gans, es war doch wohl *eine* Gans, an der Ihnen gelegen war – weiß, mit schwarzem Streifen auf dem Schwanz.«

Ryder zitterte vor Erregung. »Ach, Herr«, rief er, »können Sie mir sagen, wo die hinkam?«

»Kam hierher.«

»Hierher?«

»Jawohl. Und sie entpuppte sich als ein höchst merkwürdiger Vogel. Es wundert mich gar nicht, dass Sie Interesse für denselben zeigen. Er hat nach seinem Tod ein blaues Ei gelegt, das niedlichste, prächtigste kleine Ei, das je zu sehen war. Ich habe es hier in meiner Sammlung.«

Unser Gast richtete sich unsicher auf und klammerte sich mit der rechten Hand am Kaminrand an.

Holmes schloss seine Kassette auf und hielt den blauen Karfunkel empor, der wie ein Stern in kaltem, glänzendem, blitzendem Feuer strahlte.

Ryder stand mit langem Gesicht da, unschlüssig, ob er den Stein als sein Eigentum ansprechen oder verleugnen sollte.

»Das Spiel ist aus, Ryder«, sagte Holmes ruhig. »Jetzt nicht gefackelt, Mann – oder Sie kommen in des Teufels Küche. Hilf ihm wieder in seinen Stuhl, Watson, er hat nicht Nerv genug zum Spitzbuben. Gib ihm einen Schluck Cognac. So! Nun sieht er ein wenig menschlicher aus. Wahrhaftig, ein rechter Held!«

Einen Augenblick hatte Ryder gewankt und wäre fast gefallen, aber der Branntwein brachte wieder eine Spur von Farbe in seine Wangen, und angstvoll heftete er nun von seinem Stuhl aus die Blicke auf seinen Ankläger.

»Ich habe so ziemlich alle Trümpfe in der Hand und bin im Besitz aller Beweise, die ich etwa brauchen könnte; so können Sie mir eigentlich nur wenig sagen. Und auch dieses wenige lässt sich auf anderem Wege aufklären, so dass der Zusammenhang vollständig ist. Sie haben doch von diesem blauen Stein der Gräfin Morcar gehört, Ryder?«

»Ja, die Katharine Cusack erzählte mir davon«, erwiderte er mit heiserer Stimme.

»Ach freilich, die Kammerzofe der Dame. Nun, die Versuchung, sich auf so leichte Weise mit einem Mal zum reichen Mann zu machen, war zu groß für Sie, wie schon oft für bessere Leute als Sie; aber in der Wahl der Mittel waren Sie nicht sehr bedenklich. Ich meine, Ryder, das war ein rechter Schurkenstreich von Ihnen. Sie wussten, dass dieser Klempner Horner früher schon einmal in einen ähnlichen Fall verwickelt war und dass er deshalb umso leichter in Verdacht geraten würde. Was taten Sie also? Sie richteten es mit Ihrer Genossin, der Cusack, so ein, dass im Zimmer der Gräfin eine kleine Reparatur zu besorgen war und dass Horner zu diesem Zweck geholt wurde. Nach seinem Abgang plünderten Sie dann den Schmuckkasten aus, schlugen Lärm und ließen den Unglücklichen festnehmen. Darauf –«

Hier warf sich Ryder plötzlich zu Boden und umfasste die Knie meines Freundes. »Um Gottes willen, haben Sie Erbarmen«, rief er, »denken Sie an meinen Vater, an meine Mutter! Es würde ihnen das Herz brechen! Ich habe noch nie etwas Schlechtes begangen und will es auch nie wieder tun, ich schwöre es. Ich beschwöre es bei allem, was heilig ist. Oh, bringen Sie mich nur nicht vor Gericht, um Christi willen nicht!«

»Setzen Sie sich wieder in Ihren Stuhl«, erwiderte Holmes streng. »Es ist keine Kunst, sich jetzt zu winden und zu krümmen, aber den armen Horner unter ungerechtem Verdacht in Haft zu bringen, das machte Ihnen wenig Kopfzerbrechen.«

»Ich will fliehen, Mr. Holmes, ich will außer Landes gehen, dann wird man die Untersuchung gegen ihn einstellen.«

»Hm. Darüber reden wir noch. Und jetzt erzählen Sie uns wahrheitsgemäß, wie es weiterging. Wie kam der Stein in die Gans, und wie kam die Gans auf den Markt? Sagen Sie uns die Wahrheit. Darin liegt für Sie die einzige Hoffnung auf Rettung!«

Ryder fuhr sich mit der Zunge über seine trockenen Lippen. »Ich will es Ihnen erzählen, ganz wie es gegangen ist«, begann er dann. »Als Horner festgenommen war, dachte ich, es werde das Beste für mich sein, mich mit dem Stein ohne Verzug aus dem Staub zu machen, es konnte ja der Polizei jeden Augenblick einfallen, mich und mein Zimmer zu durchsuchen. Im ganzen Bereich des Hotels gab es kein sicheres Versteck dafür. Ich ging deshalb aus, als hätte ich etwas zu besorgen, und suchte meine Schwester auf. Sie ist an einen namens Oakshott verheiratet und wohnt in Brixton Road, wo sie Geflügel zum Verkauf mästet. Auf dem ganzen Weg hielt ich jeden, der mir begegnete, für einen Schutzmann oder einen Detektiv, so dass trotz der kalten Nacht der Schweiß an mir herunterlief, noch ehe ich in Brixton Raod war. Meine Schwester fragte mich, was es denn gebe und warum ich so blass sei, aber ich machte ihr weiß, ich habe wegen Diebstahls im Hotel aufbleiben müssen. Dann ging ich in den Hinterhof und dachte bei einer Pfeife darüber nach, was jetzt wohl das Geratenste für mich wäre.

Ich hatte früher einen Freund gehabt namens Maudsley, der auf schlechte Wege geriet und jetzt eben seine Zeit abgesessen hat. Dieser hatte mir eines Tages einmal von den Schlichen der Diebe erzählt und wie sie die gestohlenen Sachen sich aus den Händen schaffen. Ich wusste, dass er mich nicht verraten würde, denn ich wusste auch ein oder zwei Sachen von ihm; so kam ich zu dem Entschluss, ihn ohne Weiteres in Kilburn aufzusuchen und ihn ins Vertrauen zu ziehen. Er würde mir sicher Mittel und Wege zeigen, wie ich den Stein zu Geld machen könnte. Aber wie unbehelligt zu ihm gelangen? Ich dachte an die Schrecken, die ich auf dem Herweg ausgestanden hatte. Jeden Augenblick konnte man mich fassen und durchsuchen, und dann fand man den Stein in meiner Westentasche. Ich hatte unterdessen an der Wand gelehnt und den Gänsen zugeschaut, die mir vor den Füßen herumwatschelten; auf einmal fuhr mir ein Gedanke durch den Kopf, wie ich den schlauesten Detektiv auf der ganzen Welt hinters Licht führen könnte.

Meine Schwester hatte mir ein paar Wochen vorher das Prachtstück von ihren Gänsen auf Weihnachten versprochen, und ich wusste, dass ich jederzeit auf ihr Wort bauen konnte. Diese Gans wollte ich jetzt mitnehmen und in ihrem Kropf meinen Stein nach Kilburn tragen. In dem Hof steht ein kleiner Schuppen und hinter diesen trieb ich eine von den Gänsen, eine schöne, große, weiße mit gestreiftem Schwanz. Ich fing sie ein, sperrte ihr den Schnabel auf und stopfte ihr den Stein in den Hals hinunter, so weit mein Finger reichte. Sie schluckte, und ich fühlte, wie der Stein durch den Schlund in ihren Kropf hinabglitt. Aber sie flatterte und strampelte dermaßen dabei, dass meine Schwester herauskam und fragte, was los sei. Wie ich ihr eben Antwort geben wollte, riss sich das Vieh los und flog mitten unter die andern hinein.

»Was in aller Welt hast du nur mit der Gans gemacht, James?«, fragte sie.

»Nun«, sage ich, »du hast mir ja eine auf Weihnachten versprochen gehabt, da wollte ich nur fühlen, welche am fettesten sei.«

»Oh«, sagte sie, »die für dich haben wir schon auf die Seite getan, wir heißen sie nur James' Braten, es ist die große weiße dort drüben. Sechsundzwanzig Stück sind's, macht eine für dich, eine für uns und zwei Dutzend für den Markt.«

»Schönen Dank, Maggie«, sage ich, »aber wenn dir's einerlei ist, so möchte ich lieber die haben, die ich eben zwischen den Händen hatte.«

»Die andere ist gut drei Pfund schwerer«, sagte sie, »wir haben sie besonders für dich gemästet.«

»Einerlei, ich will lieber die andere und will sie jetzt gleich mitnehmen«, sagte ich darauf.

»Oh, ganz wie du willst«, sagte sie wieder, ein bisschen verdutzt, »welche willst du denn also?«

»Die weiße dort mit dem gestreiften Schwanz, gerade mittendrin.«

»Oh, ganz recht, tu sie nur ab und nimm sie mit.«

Nun, so macht ich's auch, Mr. Holmes, und nahm die

Gans mit nach Kilburn. Ich erzählte meinem Kameraden frischweg, wie ich es gemacht hatte, und er wollte vor Lachen darüber fast ersticken. Wir nahmen dann ein Messer und schnitten die Gans auf. Mir wollte das Herz stehen bleiben, keine Spur von dem Stein war zu finden, und ich wusste jetzt, dass ein schreckliches Versehen vorgekommen war. Ich ließ die Gans im Stich, rannte zurück zu meiner Schwester und in den Geflügelhof; doch da war kein einziges Stück mehr zu sehen.

»Wo sind sie denn alle hingekommen, Maggie?«, rufe ich ihr entgegen.

»Zum Händler sind sie gekommen, James.«

»Zu welchem?«

»Breckinridge in Convent Garden.«

»Aber war denn noch eine da mit gestreiftem Schwanz?«, fragte ich, »gerade wie die, die ich mir auserwählte?«

»Freilich, James, zwei waren da mit gestreiftem Schwanz, ich kannte sie nie auseinander.«

Nun, da war mir denn die ganze Sache klar, und ich ging, so schnell mich meine Füße tragen wollten, zu diesem Breckinridge. Aber er hatte die ganze Partie gleich weiterverkauft und wollte mir um keinen Preis sagen, an wen. Sie haben ihn ja heut Abend selbst gehört. So hat er mich von Anfang an abgetrumpft. Meine Schwester meint, ich werde noch verrückt; und manchmal kommt es mir selber so vor. Und jetzt – jetzt bin ich als Dieb gebrandmarkt und habe den Reichtum, für den ich meinen ehrlichen Namen verkauft habe, noch nicht von Weitem verschmeckt. Gott steh mir bei! Gott steh mir bei!« Er begrub sein Gesicht in den Händen und brach in ein krampfhaftes Schluchzen aus. Ein langes Schweigen folgte; nichts unterbrach die Stille als die schweren Atemzüge des Unglücklichen und das taktmäßige Trommeln der Fingerspitzen meines Freundes auf dem Tischrand.

Endlich erhob sich der Letztere und machte die Tür auf. »Gehen Sie fort«, sagte er.

»Was!? O, Gott vergelte es Ihnen!«

»Keine Worte weiter; nur fort!«

Und es bedurfte auch keiner weiteren Worte. Im Nu war er draußen und über die Treppe drunten; man hörte die Tür gehen, und dann verklangen seine eiligen Tritte vor dem Haus.

»Schließlich, Watson«, meinte Holmes, indem er nach seiner Pfeife griff, »bin ich doch nicht gerade dazu bei der Polizei angestellt, um ihr überall nachzuhelfen, wo sie nicht allein fertig wird. Stünde die Sache für Horner bedenklich, so wäre es etwas anderes, aber dieser Bursche wird ja nicht gegen ihn auftreten, und so muss der Fall eingestellt werden. Vielleicht, dass ich ein Unrecht damit begehe, aber es ist auch gerade so gut möglich, dass ich dadurch eine Seele vom Verderben rette. Dieser Bursche wird nichts mehr verbrechen. Seine Angst war zu grässlich. Ihn jetzt ins Gefängnis bringen, hieße, ihn für sein ganzes Leben dem Zuchthaus überliefern, überdies stehen wir ja eben auch in der Gnadenzeit. Der Zufall hat uns einen rätselvollen, merkwürdigen Fall in die Hände gespielt, und in seiner befriedigenden Lösung müssen wir unsern Lohn finden. Willst du so gut sein, mal eben zu klingeln, dann wollen wir uns an eine Untersuchung anderer Art machen.«

DOROTHY PARKER

Der Walzer

Oh; vielen Dank. Schrecklich gern.

Ich will nicht mit ihm tanzen. Ich will mit niemandem tanzen. Und selbst wenn ich es wollte, dann nicht mit dem. Der wäre ziemlich weit unten auf der Liste der letzten zehn. Ich habe gesehen, wie der tanzt; es sieht aus wie etwas, das man in der Walpurgisnacht treibt. Wenn man sich vorstellt, daß ich vor nicht einmal einer Viertelstunde hier saß und zutiefst das arme Mädchen bedauerte, mit dem er tanzte. Und jetzt soll ich das arme Mädchen sein. Tja, ja. Die Welt ist doch klein!

Und wie toll die Welt ist. Eine wahre Wucht. Ihre Ereignisse sind doch so faszinierend unvorhersagbar. Da war ich, kümmerte mich um meine eigenen Angelegenheiten, ohne irgendeiner Menschenseele auch nur das geringste zuleide zu tun. Und dann tritt der da in mein Leben, ganz Lächeln und Großstadtmanieren, um sich von mir die Gunst einer unvergeßlichen Mazurka [ein polnischer Tanz] gewähren zu lassen. Und dabei kennt er kaum meinen Namen, geschweige denn, wofür er steht. Er steht für VERZWEIFLUNG, BESTÜRZUNG, SINNLOSIGKEIT, ERNIEDRIGUNG und VORSÄTZLICHEN MORD, aber davon hat der da keinen blassen Schimmer. Ich habe auch keinen blassen Schimmer, wie sein Name ist; ich habe keine Ahnung, wie er heißt. Ich würde auf Kretin tippen, so wie der dreinschaut. Wie geht es Ihnen, Herr Kretin? Und was macht Ihr reizender kleiner Bruder, der mit den beiden Köpfen?

Ach, warum mußte er ausgerechnet zu mir kommen mit seinem niedrigen Ansinnen?

Warum kann er mich nicht in Frieden lassen? Ich verlange doch so wenig – nur allein gelassen zu werden in meiner stillen Tischecke, den ganzen Abend über all meinem stummen Gram hingegeben. Und da muß der daherkommen, mit seinen Verbeugungen und Kratzfüßen und seinen Darf-ich-um-diesen bitten. Und ich mußte hingehen und ihm sagen, daß ich schrecklich gern mit ihm tanze. Ich kann nicht begreifen, weshalb ich nicht auf der Stelle tot umgefallen bin. Jawohl, und tot umfallen wäre die reinste Landpartie im Vergleich dazu, mit diesem Knaben einen Tanz durchzustehen. Aber was konnte ich denn machen? Alle am Tisch waren aufgestanden, um zu tanzen, außer ihm und mir. Da saß ich, in der Falle. In einer Falle gefangen wie eine Falle in einer Falle.

Was kann man denn sagen, wenn einen einer zum Tanzen auffordert? Ich werde ganz bestimmt nicht mit Ihnen tanzen, und wenn der Teufel auf Stelzen kommt. Tja, vielen Dank, das würde ich furchtbar gern, aber ich liege gerade in den Wehen. O ja, lassen Sie uns unbedingt miteinander tanzen – es ist so nett, einen Mann kennenzulernen, der keinen Bammel vor einer Ansteckung mit meiner Beriberi hat. Nein. Mir blieb doch gar nichts anderes übrig, als schrecklich gern zu sagen. Na schön, bringen wir es hinter uns. Auf geht's, schneller Bomber, hinaus aufs Spielfeld. Du hast den Anstoß gewonnen; du kannst führen.

Tja, ich glaube, es ist eigentlich eher ein Walzer. Oder nicht? Wir könnten ja mal einen Moment der Musik zuhören. Sollen wir? Oh, ja, es ist ein Walzer. Ob mir das etwas ausmacht? Aber nein, ich bin ganz begeistert. Ich würde liebend gern mit Ihnen Walzer tanzen.

Ich würde liebend gern mit Ihnen Walzer tanzen. Ich würde liebend gern mit Ihnen Walzer tanzen. Ich würde mir liebend gern die Mandeln rausnehmen lassen, ich wäre liebend gern mitten in der Nacht in einem brennenden Schiff auf hoher See. Jetzt ist es sowieso zu spät. Wir nehmen allmählich Fahrt auf. Oh. Oje. Oje, oje. Oh, das ist ja noch schlimmer, als ich es mir vorgestellt habe. Das ist wohl auch das einzige stets verläßliche Naturgesetz – alles ist immer schlimmer, als man sich's vorgestellt hat. Oh, wenn ich einen Begriff davon gehabt hätte, wie dieser Tanz wirklich sein würde, hätte ich darauf bestanden, diese Runde auszusetzen. Na, letzten Endes wird es wohl aufs gleiche hinauslaufen. Wir werden uns gleich auf den Boden setzen, wenn der so weitermacht.

Ich bin so froh, daß ich seine Aufmerksamkeit darauf gelenkt habe, daß sie jetzt einen Walzer spielen. Weiß der Himmel, was passiert wäre, wenn er gedacht hätte, es sei etwas Schnelles; wir wären glatt durch die Seitenwände des Gebäudes geschossen. Warum will er dauernd irgendwohin, wo er nicht ist? Warum können wir nicht mal lange genug an einem Ort bleiben, um uns zu akklimatisieren? Es ist dieses ständige Hetzen, Hetzen, Hetzen, was der Fluch des amerikanischen Lebens ist. Das ist der Grund, weshalb wir alle so – *Autsch*! Um Gottes willen, nicht *treten*, du Idiot; das Spiel hat doch erst angefangen. Oh, mein Schienbein. Mein armes, armes Schienbein, das ich schon als kleines Mädchen hatte!

O nein, nein, nein. Du liebe Güte, nein. Es hat überhaupt kein bißchen weh getan. Und außerdem war es meine Schuld.

Das war es wirklich. Ehrlich. Ach, Sie sagen das doch nur aus purer Höflichkeit. Es war wirklich ganz allein meine Schuld.

Ich frage mich, was ich machen soll – ihn auf der Stelle umbringen, mit meinen bloßen Händen, oder abwarten, bis er von selbst ermattet. Vielleicht ist es das beste, keine Szene zu machen. Ich glaube, ich halte mich schlicht und einfach zurück und sehe zu, bis ihm das Tempo den Rest gibt. Er kann das ja nicht ewig durchhalten – er ist auch nur aus Fleisch und Blut. Sterben muß er, und sterben wird er für das, was er mir angetan. Ich will ja nicht überempfindlich sein, aber das macht mir niemand weis, daß dieser Tritt nicht vorbedacht war. Freud sagt, es gibt keine Zufälle. Ich habe kein zurückgezogenes Leben geführt, ich habe schon Tanzpartner erlebt, die mir die Schuhe zertrampelt und das Kleid zerfetzt haben; aber wenn es ans Treten geht, dann bin ich die GESCHÄNDETE WEIBLICHKEIT in Person. Wenn du mir gegen das Schienbein trittst, *lächele.*

Vielleicht hat er es gar nicht böswillig getan. Vielleicht ist das nur seine Art, seine gehobene Stimmung zu zeigen. Vermutlich sollte ich froh sein, daß sich wenigstens einer von uns so glänzend amüsiert. Vermutlich sollte ich mich glücklich preisen, wenn er mich lebend zurückbringt. Vielleicht ist es pingelig, von einem praktisch Unbekannten zu verlangen, daß er einem die Schienbeine so läßt, wie er sie vorgefunden hat. Schließlich tut der arme Knabe ja nur sein Bestes. Wahrscheinlich ist er hinter dem Mond aufgewachsen und hat nie keine Büldung nicht gehabt. Ich wette, sie mußten ihn auf den Rücken werfen, um ihm die Schuhe anzuziehen.

Ja, toll, nicht wahr? Einfach toll. Das ist ein toller Walzer. Nicht wahr? Oh, ich finde ihn auch toll.

Na, ich werde von diesem vielseitigen Stürmertalent ja geradezu angezogen. Er ist mein Held. Er hat das Herz eines Löwen und die Sehnen eines Büffels. Seht ihn euch an – nie der geringste Gedanke an die Folgen, nie die geringste Angst um sein Gesicht, wirft sich in jedes Getümmel, mit glänzenden Augen, mit glühenden Wangen. Und soll etwa geschrieben stehen, daß ich zauderte? Nein und tausendmal nein. Was bedeuten mir schon die nächsten Jahre in einem Gipsverband? Komm schon, Muskelprotz, mitten durch! Wer will schon ewig leben?

Oh. Oje. Oh, er ist in Ordnung, dem Himmel sei Dank. Eine Zeitlang dachte ich, sie müßten ihn vom Spielfeld tragen. Ach, ich könnte es nicht verwinden, wenn ihm etwas passieren würde. Ich liebe ihn. Ich liebe ihn mehr als jeden anderen auf der Welt. Seht euch den Elan an, den er in einen öden, banalen Walzer legt; wie verweichlicht die anderen Kämpfer neben ihm wirken. Er ist Jugend und Energie und Kühnheit, er ist Stärke und Frohsinn und – *Autsch*! Von meinem Spann runter, du ungeschlachter Trottel! Wofür hältst du mich eigentlich – eine Laufplanke? Autsch!

Nein, natürlich hat es nicht weh getan. Aber kein bißchen. Ehrlich. Und es war allein meine Schuld. Wissen Sie, dieser kleine Schritt von Ihnen – der ist zwar absolut toll, aber am Anfang ist er eben ein klein bißchen tückisch nachzumachen. Oh, den haben Sie sich selbst ausgedacht? Wirklich? Also Sie sind ja ganz erstaunlich! Oh, ich glaube, jetzt hab ich's. Oh, ich finde ihn toll. Ich habe Ihnen dabei zugesehen, als Sie vorhin getanzt haben. Er ist ungeheuer wirkungsvoll, wenn man zuschaut.

Er ist ungeheuer wirkungsvoll, wenn man zuschaut. Ich wette, ich bin ungeheuer wirkungsvoll, wenn man mir zuschaut. Die Haare hängen mir ins Gesicht, mein Rock wickelt sich um mich herum, ich kann den kalten Schweiß auf meiner Stirn fühlen. Ich muß aussehen wie etwas aus dem »Untergang des Hauses Usher«. So etwas setzt einer Frau meines Alters entsetzlich zu. Und er hat sich diesen kleinen Schritt selbst ausgedacht, der mit seiner degenerierten Verschlagenheit. Und am Anfang war er ein klein bißchen tückisch, aber jetzt, glaube ich, hab ich's. Zweimal Stolpern, Schliddern und ein Zwanzig-Meter-Sprint; genau. Ich hab's. Ich hab auch noch ein paar andere Dinge, darunter ein zersplittertes Schienbein und ein verbittertes Herz. Ich hasse diese Kreatur, an die ich gefesselt bin. Ich haßte ihn schon in dem Moment, als ich seine lüsterne, brutale Visage sah. Und nun bin ich die ganzen fünfunddreißig Jahre, die dieser Walzer schon dauert, in seiner verruchten Umarmung gefangen. Hört das Orchester denn nie zu spielen auf? Oder muß diese obszöne Travestie eines Tanzes bis zum Sankt-Nimmerleins-Tag weitergehen?

Oh, sie spielen noch eine Zugabe. Oh, fein. Oh, das ist toll. Müde? Ich bin überhaupt nicht müde. Ich würde am liebsten endlos so weitermachen.

Ich bin überhaupt nicht müde. Ich bin nur tot, das ist alles. Tot, und wofür? Und die Musik wird nie zu spielen aufhören, und wir werden so weitermachen, Affenzahn-Charlie und ich, bis in alle Ewigkeit. Vermutlich wird es mir nach den ersten hunderttausend Jahren nichts mehr ausmachen. Vermutlich wird dann nichts mehr zählen, weder Hitze noch Schmerz, noch gebrochenes Herz, noch gnadenlose, quälende Müdigkeit. Na ja. Mir kann es nicht früh genug soweit sein.

Ich frage mich, warum ich ihm nicht gesagt habe, daß ich

müde bin. Ich frage mich, warum ich nicht vorgeschlagen habe, an den Tisch zurückzugehen. Ich hätte anregen können, daß wir einfach der Musik zuhören. Ja, und wenn er eingewilligt hätte, dann wäre es das erste Quentchen Beachtung gewesen, das er ihr den ganzen Abend geschenkt hat. George Jean Nathan hat gesagt, die herrlichen Rhythmen des Walzers sollten schweigend angehört werden und nicht von sonderbaren Verrenkungen des menschlichen Körpers begleitet sein. Ich glaube, das hat er gesagt. Ich glaube, es war George Jean Nathan. Aber ganz egal, was er gesagt hat und wer er war und was er heute treibt, er ist besser dran als ich. Das steht fest. Jeder, der nicht mit diesem wildgewordenen Trampeltier tanzt, das ich da habe, ist fein raus.

Aber wenn wir wieder am Tisch wären, dann müßte ich wahrscheinlich mit ihm reden. Seht ihn euch an – was könnte man schon zu so einem Typ sagen! Sind Sie dieses Jahr in den Zirkus gegangen, welches Eis essen Sie am liebsten, wie buchstabieren Sie Hund? Ich denke, ich bin hier genau so gut dran. So gut dran jedenfalls wie in einer auf Hochtouren laufenden Betonmischmaschine.

Ich bin jetzt jenseits von guten und bösen Gefühlen. Wenn er mir auf den Fuß tritt, merke ich es nur noch am Geräusch der splitternden Knochen. Und alle Ereignisse meines Lebens ziehen vor meinen Augen vorbei. Da war die Zeit, als ich in der Karibik in einen Hurrikan geriet, da war der Tag, als ich mir bei dem Taxizusammenstoß den Kopf zerschmetterte, da war der Abend, als das betrunkene Frauenzimmer ihrer einzigen wahren Liebe einen bronzenen Aschenbecher nachwarf und mich erwischte, da war der Sommer, in dem das Segelboot dauernd kenterte. Ach, was für ein unbeschwertes, friedvolles Dasein mir doch beschieden war, ehe ich mich mit diesem Sausewind da einließ. Ich wußte nicht, was Sorgen sind, bevor ich zu diesem *danse macabre* eingezogen wurde. Ich glaube, mein Verstand beginnt sich zu verwirren. Es scheint mir fast, als ob das Orchester aufgehört hätte. Das kann natürlich nicht sein; das könnte nie, niemals der Fall sein. Und doch ist in meinen Ohren eine Stille wie von Engelszungen …

Oh, sie haben aufgehört, wie gemein von ihnen. Sie haben für heute Schluß gemacht. Oh, verflixt. Oh, glauben Sie, daß sie das tun würden? Glauben Sie das wirklich, wenn Sie ihnen zwanzig Dollar geben würden? Oh, das wäre toll. Und hören Sie, sagen Sie ihnen doch bitte, daß die das gleiche Stück spielen sollen. Ich würde einfach schrecklich gerne weiter Walzer tanzen.

WALTER BENJAMIN

Aus dem Moskauer Tagebuch

28. Dezember. Ich glaube, so viele Uhrmacher wie in Moskau gibt es in keiner Stadt. Das ist umso seltsamer, als die Leute hier nicht viel Aufhebens von der Zeit machen. Es wird aber wohl historische Gründe haben. Wenn man beachtet, wie sie sich auf der Straße bewegen, so wird man selten jemanden eilen finden, es müsste denn gerade sehr kalt sein. Aus Schlendrian geht man in Serpentinen. (Sehr bezeichnend ist, dass, wie Reich mir erzählte, irgendwo in einem Clublokal an der Wand, mahnend, ein Schild hängt, auf welchem steht: Lenin hat gesagt, dass Zeit Geld ist. Um diese Banalität auszusprechen, muss also hier die höchste Autorität herangezogen werden.) Ich holte an diesem Tage meine Uhr ab, die repariert worden war. – Am Morgen schneite es und auch tagsüber fiel oft Schnee. Später trat etwas Tauwetter ein. Ich verstehe, dass Asja Schnee in Berlin vermisste und unter dem nackten Asphalt litt. Hier geht der Winter, wie ein Bauer in weißer Schafwolle, unter einem dichten Schneepelz dahin. – Morgens erwachten wir spät und gingen dann in Reichs Zimmer. Es ist ein Stück Kleinbürgerwohnung, wie man es sich nicht schrecklicher träumen kann. Bei Anblick der hundert Decken, Konsolen, gepolsterten Möbel, Gardinen kann man vor Beklemmung kaum atmen; die Luft muss dick von Staub sein. In einer Fensterecke stand ein hoher Weihnachtsbaum. Selbst der war hässlich mit seinen mageren Ästen und einem unförmlichen Schneemann als Bekrönung. Mir nahm der ermüdende Weg von der Trambahnstation und der Schrecken dieses Raumes den Überblick über die Lage, und ich stimmte Reichs Vorschlag, im Januar dies Zimmer mit ihm zu beziehen, etwas voreilig zu. Solche Kleinbürgerzimmer sind Schlachtfelder, über die der verheerende Ansturm des Warenkapitals siegreich dahingefegt ist, es kann nichts Menschliches mehr da gedeihen. Aber meine Arbeit würde ich, bei meiner Neigung zu Höhlenräumen, vielleicht nicht schlecht in diesem Raume erledigen. Nur will überlegt sein, ob ich die ausgezeichnete strategische Position meines jetzigen Zimmers aufgeben oder selbst um den Preis sie beibehalten soll, darüber den täglichen Kontakt mit Reich, der mir für meine Informationen sehr wichtig ist, zu vermindern. Sodann liefen wir lange durch Vorstadtstraßen: Ich sollte durch eine Fabrik geführt werden, in der vor allem Baumschmuck hergestellt wird. Die »Prärie der Architektur«, wie Reich Moskau genannt hat, hat in diesen Straßen noch wilderen Charakter als im Zentrum. Zu beiden Seiten der breiten Allee wechseln Bauten im Stile der bäurischen hölzernen Dorfhäuser mit Jugendstilvillen oder der nüchternen Fassade eines sechsstöckigen Hauses. Der Schnee lag hoch und entstand plötzlich eine Stille, so konnte man glauben, tief drinnen in Russland in einem überwinternden Dorfe zu sein. Hinter einer Reihe von Bäumen stand eine Kirche mit blauen und goldenen Kuppeln, und, wie immer, vergitterten Fenstern an ihrer Straßenmauer. Übrigens tragen die Kirchen hier oft noch Heiligenbilder an ihrer Fassade, wie man es in Italien nur an den ältesten sieht (z. B. Sto. Freginiano in Lucca). Zufällig war die Arbeiterin gerade abwesend, und die Fabrik bekamen wir nicht zu Gesicht. Bald trennten wir uns. Ich ging Kusnetzki-Most hinunter und sah die Buchläden an. In dieser Straße liegt Moskaus größte Buchhandlung (dem Anscheine nach zu schließen). Ich sah auch ausländische Literatur in den Fenstern, jedoch zu unverschämten Preisen. Die russischen Bücher kommen so gut wie ausnahmslos nur ungebunden auf den Markt. Das Papier ist hier dreimal so teuer als in Deutschland, hauptsächlich Importware, und man spart an der Ausstattung der Bücher so viel es mir [erschien]. Ich kaufte unterwegs – nachdem ich auf der Bank gewechselt hatte – eine der warmen Pasteten, die überall auf den Straßen zu haben sind. Nach wenigen Schritten stürzte ein kleiner Junge sich auf mich, dem ich ein Stück davon gab, als ich endlich verstanden hatte, dass er nicht Geld, sondern Brot wolle. – Mittags gewann ich die Schachpartie gegen Reich. Nachmittags bei Asja, wo es ganz farblos, wie in den letzten Tagen war, da Asja durch Angstzustände abgestumpft ist, beging ich den großen Fehler, Reich gegen sehr törichte Vorwürfe in Schutz zu nehmen. Am folgenden Tag sagte er mir sodann, dass er allein zu Asja gehen werde. Am Abend dagegen schien er sich sehr freundlich verhalten zu wollen. Zu der Generalprobe von Illeschs Stück zu gehen, wie wir geplant hatten, war es zu spät, und da Asja nicht mehr kam, gingen wir, um einer »Gerichtsverhandlung« im Krestanski-Club beizuwohnen. Bis wir dorthin kamen, war es halb neun, und wir erfuhren, dass man schon seit einer Stunde begonnen habe. Der Saal war überfüllt, und niemand wurde mehr hereingelassen. Aber eine kluge Frau machte sich meine Anwesenheit zu nutze. Sie merkte, dass ich fremd sei, stellte Reich und mich als Ausländer vor, deren Führung sie habe, und brachte so sie selber und mich unter. Wir traten in einen rot ausgeschlagenen Saal, in dem gegen dreihundert Menschen Platz hatten. Er war dicht gefüllt, viele standen. In einer Nische eine Leninbüste. Die

Verhandlung fand auf der Estrade der Bühne statt, die rechts und links von gemalten Proletarierfiguren, einem Bauern und einem Industriearbeiter, eingerahmt wurde. Am oberen Bühnenrahmen die Sowjetembleme. Die Beweisaufnahme war schon beendet, als wir kamen, ein Sachverständiger hatte das Wort. Er saß mit seinem Kollegen an einem Tischchen, ihm gegenüber der Tisch des Verteidigers, beide die Schmalseite zur Bühne gewandt. Der Tisch des Richterkollegiums stand frontal zum Publikum, vor ihm saß in schwarzer Kleidung auf einem Stuhle, einen dicken Stock in Händen, die Angeklagte, eine Bäuerin. Alle Mitwirkenden waren gut gekleidet. Die Anklage lautete auf Kurpfuscherei mit tödlichem Erfolge. Die Bäuerin hatte bei einer Entbindung (oder Abtreibung) Beistand geleistet und durch einen Fehler den unglücklichen Ausgang herbeigeführt. Die Argumentation bewegte sich in äußerst primitiven Bahnen um diesen Vorfall herum. Der Sachverständige gab sein Gutachten ab: Die Schuld am Tode der Frau sei allein auf den Eingriff zurückzuführen. Der Verteidiger plädierte: kein böser Wille, auf dem Lande fehle es an sanitärer Hilfe und Aufklärung. Der Staatsanwalt beantragt die Todesstrafe. Die Bäuerin in ihrem Schlusswort: Immer sterben Menschen. Danach wendet der Vorsitzende sich ans Publikum: Sind Fragen vorhanden? Auf der Estrade erscheint ein Komsomolz [ein Angehöriger der Jugendorganisation der KPdSU] und plädiert für äußerst strenge Bestrafung. Danach zieht das Gericht sich zur Beratung zurück – eine Pause entsteht. Die Urteilsverkündung wird von allen stehend angehört. Zwei Jahre Gefängnis unter Zubilligung mildernder Umstände. Von Einzelhaft wird daher abgesehen. Der Vorsitzende weist seinerseits auf die Notwendigkeit hygienischer Versorgungs- und Bildungszentralen auf dem Lande hin. Man ging auseinander. Ich hatte bisher niemals ein derartig einfaches Publikum in Moskau beisammen gesehen. Es waren wahrscheinlich viele Bauern darunter, denn dieser Club dient ganz besonders den Bauern. Man führte mich durch die Räume hindurch. Im Lesesaal fiel mir, genau wie in dem Kindersanatorium, auf, dass die Wände ganz mit Anschauungsmaterial bedeckt sind. Hier waren es besonders Statistiken, die zum Teile, mit Bildchen farbig illustriert, von Bauern selber waren gestellt worden (Dorfchronik, landwirtschaftliche Entwicklung, Produktionsverhältnisse und kulturelle Institutionen waren aufgezeichnet), aber auch Werkzeugbestandteile, Maschinenstücke, Retorten mit Chemikalien etc. sind überall an den Wänden hier ausgestellt. Neugierig trat ich vor eine Konsole, von der zwei Negermasken heruntergrinsten. Aber beim Näherkommen erwiesen sie sich als Gasmasken. Endlich brachte man mich auch in die Schlafräume des Clubs. Er ist für Bauern und Bäuerinnen, einzelne und ganze Gesellschaften, bestimmt, die eine »Kommandirowka« in die Stadt bekommen. In großen Zimmern stehen meist sechs Betten; die Kleider legt ein jeder die Nacht über auf sein eigenes. Die Waschräume wieder müssen woanders gelegen sein. Die Zimmer selber haben keine Waschgelegenheit. An den Wänden sind Bilder von Lenin, Kalinin, Rykow u. a. Hier geht der Kultus insbesondere mit dem Leninbilde unabsehbar weit. Man findet auf Kusnetzki-Most ein Geschäft, in dem er Spezialartikel ist und in allen Größen, Haltungen und Materialien zu haben ist. Im Unterhaltungszimmer des Clubs, wo gerade Radiokonzert zu hören war, ist ein sehr ausdrucksvolles Reliefbild, das ihn in Lebensgröße, bis zur

Brust, als Redner zeigt. Aber ein bescheideneres Bildchen von ihm hängt auch in Küchen, Wäschekammern usw. der meisten öffentlichen Institute. Das Haus hat für über vierhundert Gäste Platz. Unter der zunehmend lästigen Begleitung der Führerin, die uns hineingeholfen hatte, gingen wir fort und entschlossen uns, als wir endlich allein waren, noch eine Piwnaja aufzusuchen, in der es gerade Abendunterhaltung gab. Vor der Tür bemühten sich, als wir eintraten, einige Leute um den Abtransport eines Betrunkenen. In dem nicht allzu großen, dennoch aber nicht ganz vollbesetzten Raume saßen einzelne Personen sowie kleine Gruppen beim Bier. Wir nahmen ziemlich nahe an der bretternen Estrade Platz, die hinten von einer süßlich verschwommenen Aue, mit einem Stückchen wie in Luft zergehender Ruine abgeschlossen wurde. Aber für die ganze Länge der Bühne reichte dieser Prospekt nicht aus. Nach zwei Gesangsnummern kam die Hauptattraktion des Abends, eine »Inszenirowka« – d.h. ein im Grunde anderswoher, aus Epik oder Lyrik stammender Stoff fürs Theater bearbeitet. Hier schien der dramatische Rahmen für eine Anzahl Liebes- und Bauerngesänge gegeben zu werden. Zuerst trat nur eine Frau auf und lauschte einem Vogel. Dann kam aus der Kulisse ein Mann, und so ging es weiter, bis die ganze Bühne voll war und alles mit einem Chorgesang unter Tanz endete. Dies alles unterschied sich nicht sehr von geselliger Familienvergnügung, aber mit dem Untergang dieser Veranstaltungen in der Wirklichkeit sind sie wahrscheinlich dem Kleinbürger auf der Bühne nur anziehender geworden. Zum Bier gibt es eine eigentümliche Zukost: winzige Stückchen getrocknetes Weißbrot, Schwarzbrot, mit einer Salzkruste überbacken und getrocknete Erbsen in Salzwasser.

ROBERT GERNHARDT

Banger Moment

Liebling, horch, die Zeit bleibt stehn –
sei mal ruhig, bitte!
Eben waren da noch Schritte,
eben noch schien sie zu gehn,

doch nun steht sie. Sprungbereit?
Selbstversunken? Lauernd?
Angelehnt? Verschnaufend? Kauernd?
Horchend? Ach, du liebe Zeit –

aber still, mein Schatz, da sind
wieder Laute. Heftig
strömt da was. Ein frisches Fließen
wird zu stetigem Ergießen,
unbeirrt und kräftig –
Liebling, horch! Die Zeit verrinnt.

HANS FALLADA

Silvester auf Gaugarten – Ich suche meine Frau – Strabow lässt sich nicht wegschicken – Böses Gelächter zum Jahresbeginn

Ich übergehe unser erstes Abendessen im eigenen Heim mit wenigen Worten: Es war schrecklich!

Ich sehe uns da noch sitzen in dem riesigen halbdunklen, ›altdeutsch‹ getäfelten Raum, Karla sehr blass und ich sehr heiß im Gesicht von meiner Unterhaltung mit Strabow – Karl. An den hohen, sich im Dunkel verlierenden Wänden hingen Geweihe, Ölbilder und präparierte Keilerköpfe, die uns genauso schlitzäugig-böse anzustarren schienen wie die Ahnen irgendeines mir unbekannten Gaugartener Vorbesitzers.

Zwischen mir und Karla sitzt unsere Hausdame, Fräulein Kluge, und an der Anrichte steht neben Herrn Strabow ein zweiter junger Diener, der ›Fitz‹ genannt wird und der unser Tun so unverhohlen beobachtet, dass ich fest überzeugt bin, er steht da nur, um nachher Bericht in der Küche zu erstatten. Manchmal verschwindet er auch aus dem Saal, dann höre ich es in einem Nebenraum, von dem ich noch zu lernen habe, dass er ›Pantry‹ heißt, kichern und tuscheln. Herr Strabow runzelt dann die Stirn – und als sei dieses Runzeln telepathisch übertragen, bricht das Tuscheln plötzlich ab, und man hört nur unsere Gabeln auf den Tellern klappern …

Ich übergehe die viererlei Bestecke und dreierlei Weingläser, ich hülle mein vom Teller gerutschtes Hühnerkeulchen in Schweigen, ich melde nichts von Karlas hilflosem

Blick, als die mit Wasser und einer Zitronenscheibe gefüllte Fingerschale vor sie hingestellt wurde. Ich sage auch nichts von der herablassend geführten Unterhaltung mit ›unserer‹ Hausdame, die süßlich lächelnd, aber immer wie etwas pikiert bei uns am Tisch saß.

Ich denke zurück an unsere Erlösung, als wir endlich aufstehen durften, als wir hoffen konnten, allein miteinander zu sein, und ich gedenke kurz unserer namenlosen Enttäuschung, als Fräulein Kluge sagte: ›Den Kaffee in die Bibliothek, Karl!‹ Mit: ›Wenn ich bitten darf!‹, ging sie uns voran.

›Will sie denn den ganzen Abend bei uns sitzen?‹, flüsterte Karla mir verzweifelt zu.

›Sie ist einfach schrecklich!‹, flüsterte ich zurück – und schon waren wir in der Bibliothek, und die Sekunden unseres Alleinseins waren vorübergerauscht.

Ich sehe uns da sitzen, in dem großen Raum, dreitausend, fünftausend Bücher sehen uns an. Es gibt auch Ecken und Winkel, in denen wir uns verkrümeln könnten. Aber Fräulein Kluge hält uns am Kaffeetisch, Herr Strabow ist immer irgendwo in der Hinterhand, und Fitz und irgendein Kollege von ihm gespenstern auch noch. Die Hoffnung, über die Schlafensstunde all dieser Geister hinaus sitzen zu bleiben, sie müde zu machen, entschwindet langsam, als um halb zehn Herr Strabow sich erkundigt, welches Silvestergetränk ich zu befehlen geruhe?

Ach ja, es ist Silvester, das alte Jahr geht zur Neige! Dieses alte Jahr hat uns gewaltige Veränderungen beschert, ein unerhörtes Glück suchte uns heim, und nun sitzen wir Glücklichen hier in einem Schloss, und Herr Strabow erkundigt sich, mit was wir unser Glück zu begießen wünschen.

In meiner augenblicklichen Stimmung möchte ich antworten: Mit Tränen! Aber stattdessen wende ich mich an die ergeben dasitzende Karla und erkundige mich nach ihren Wünschen. Ich empfinde es fast als einen treulosen Verrat, dass Karla erklärt, nichts mehr trinken zu wollen. Sie sei müde, habe Kopfschmerzen, sie wolle bald ins Bett.

Karla hat mich noch nie wegen Kopfschmerzen im Stich gelassen – und nun an einem Silvesterabend! Solange wir verheiratet sind, haben wir noch stets jeden neuen Jahresanfang gemeinsam begangen! Und nun heute, wo ich, getrennt von Karla, gewissermaßen in Onkel Eduards kaltem Geldschrank schlafen muss und keine Ahnung habe, wo Karla schläft ... Diese Frauen denken auch an rein gar nichts!

Fräulein Kluge hat unterdes als Silvestergetränk Schwedenpunsch gewählt, ich schließe mich ihr an. Kurze Zeit später haben wir das Getränk auf dem Tisch, in kleinen Glasbechern, Eisstückchen schwimmen in der bernsteinfarbenen Flüssigkeit. Ich will mit Karla anstoßen. Aber Karla weigert sich, von dem Getränk auch zur zu probieren, ihre Kopfschmerzen sind zu stark!

Von Strabow und der Kluge übertrage ich meinen stummen Zorn auf Karla, im Grunde ist sie an diesem verkorksten Abend allein schuld! Sie hat mich veranlasst, auf den dörflichen Tanz zu verzichten, bestimmt ging es im Kruge jetzt etwas lustiger zu als in dieser Büchergruft! Sie könnte gut die Kluge ins Bett schicken, sie ist die Herrin der Frauen, wie ich der Herr der Männer bin. Nur um ihr zu zeigen, wie es gemacht wird, spreche ich ernst zu Strabow: Sie können jetzt ins Bett gehen, Karl. Wir brauchen nichts mehr.

Herr Strabow neigt das Haupt und verlässt das Zimmer.

Ich gebe ja zu, das süßlich lächelnde Fräulein Kluge ist schwieriger fortzuschicken als der würdige Strabow – aber dass Karla nun aufsteht und einfach gute Nacht sagt, finde ich unerhört! Soll ich Silvester mit der Kluge feiern?!

Ich merke, Karla will mir etwas zuflüstern, aber Fräulein Kluge ist stets in ihrer Nähe. Warum sagt Karla nicht klar und deutlich, was sie will? Wir sind verheiratete Leute, und zudem sind wir die Schlossherrschaft: Karla kann mir sagen, was sie will! Aber mit ihrer verdammten Schüchternheit verstummt sie natürlich sofort, als Fräulein Kluge flötet: ›Ich bringe die gnädige Frau noch. Ich bin der gnädigen Frau gerne behilflich. Nein, gnädige Frau, es ist mir bestimmt nicht zu spät, ich tue es sogar gerne! Außerdem ist es meine Pflicht. Wir könnten eine Kompresse machen und vielleicht ein Pyramidon geben‹ –

›Gute Nacht, Karla!‹, sage ich wütend und drücke ihr die Hand, dass sie das Gesicht verzieht. ›Rutsch gut rüber ins neue Jahr!‹

›Danke!‹, flüstert sie und bewegt wieder die Lippen.

›Wie –?!‹, frage ich unnötig laut.

›Rutsch auch gut rüber‹, antwortet sie leise und verschwindet, gefolgt von der Kluge.

Eine Weile tigere ich wild in der Bücherei auf und ab. Ich habe einen Zorn auf die Welt – unsäglich! Dann schalte ich alle Flammen ein und bewundere meine Bücherei. Ich will mir eines von den Büchern aus den Schränken holen, aber ich muss feststellen, dass alle Schränke abgeschlossen sind: Ich, der Besitzer, muss die Titel durch die Glasscheiben studieren.

Ich trinke ein Glas Punsch und lösche alles Licht. Nun

brennt nur noch das Feuer im großen Kamin – ich werfe mich in einen Ledersessel und starre trostlos in die Flammen. Ich weiß es jetzt genau: Auch unser Anfang in Gaugarten ist wieder falsch gewesen. So ziemlich alles haben wir verkehrt gemacht!

Aber wie im Himmel hätten wir es anders machen sollen?! Wen auf Erden konnten wir um Rat fragen?! Wieder waren wir in eine Maschine geraten, hilflos, unerfahren – und sie hatte es gut mit uns vor, diese Maschine! Nach der Vormundschaft Steppes die Vormundschaft der Strabow, Kluge, Kalübbe! Arme Frau Kalübbe, Pips, auf ihrem Gesicht konnte man ablesen, wie solche Vormundschaft sich auswirkte! Auf dein Wohl, arme Pips, wir wollen sehen, dass wir uns deiner ein wenig annehmen –

Aber wir müssten uns unserer selbst erst ein wenig annehmen können! Der Henker! Wenn ich wüsste, wenn ich es bestimmt wüsste, dass dieser Strabow mich nur auf den Arm genommen hat! Es ist Sitte hier auf dem Lande … Jawohl, getrennte Schlafzimmer unter Eheleuten meilenweit getrennt! Du aber stattest unsere Mädchen mit meinem Tischsilber und meiner Bettwäsche aus! Morgen sollst du was erleben! Ich werde es schon herausbekommen, wie du es meinst, ob du uns mit dem Respekt entgegenkommst, der einer so anständigen Dienstherrschaft gebührt! Schurke! Glattrasierter!

›Darf ich noch frisches Holz auflegen, Herr Schreyvogel?‹, fragt die würdevolle Stimme hinter mir. Ohne dass ich es gemerkt habe, ist er hereingekommen. Haben diese Diener nicht die verfluchte Pflicht und Schuldigkeit anzuklopfen, ehe sie in mein Zimmer kommen, oder ist das wieder einmal nicht Sitte –?! Wenn ich darüber doch Bescheid wüsste –?!

›Ich habe Ihnen doch gesagt, Sie sollen ins Bett gehen, Herr Strabow!‹

›Verzeihen, Herr Schreyvogel, Fräulein Kluge lässt sich entschuldigen, dass sie ohne gute Nacht gegangen ist.‹

›Ist in Ordnung. Und nun legen Sie sich auch endlich hin, Karl. Es ist schon nach elf. Ich brauche nichts mehr, ich helfe mir selbst.‹

›Sehr wohl, Herr Schreyvogel. Wenn Herr Schreyvogel auf sein Zimmer gehen, die Lichtschalter befinden sich alle auf der linken Seite, stets hinter einer Säule. Es sind Wechselschalter, Herr Schreyvogel –‹

›Es ist gut, Strabow, ich werde schon ins Bett finden.‹

›Wenn ich mir noch eine Bemerkung erlauben dürfte, Herr Schreyvogel. Die Kette zum Spülungskasten des W. C. hakt manchmal aus, besonders wenn heftig gezogen wird. Ich würde raten, langsam zu ziehen, Herr Schreyvogel …‹

›Werde ich machen, Karl. Gute Nacht.‹

›Herr Schreyvogel verzeihen, wenn ich es jetzt erst melde: Wir haben – mit Herrn Administrators Erlaubnis – noch unsere eigene kleine Silvesterfeier in der Küche, nur wir Leute vom Schloss. Herr Schreyvogel werden bestimmt nicht gestört werden, es geht alles ruhig und gesittet zu …‹

›Schön, schön, Karl. Also feiern Sie vergnügt, gute Nacht.‹

›Ich danke verbindlichst, Herr Schreyvogel. Ich wünsche eine angenehme Nachtruhe.‹

Er kam wirklich bis zur Tür.

›Und wenn Herr Schreyvogel noch einen Wunsch haben sollten, es macht mir wirklich nichts aus. Bis zwei Uhr bin ich bestimmt wach, die Klingeln sind links auf jedem Türrahmen …‹

›Ich habe nur den einen Wunsch, Karl, dass Sie mich jetzt allein lassen – !‹

›Ich bitte sehr um Verzeihung, Herr Schreyvogel. Ich wünsche nochmals eine angenehme Nachtruhe.‹

Ich sitze noch eine halbe Stunde völlig gebrochen an meinem langsam herunterbrennenden Kaminfeuer. Oh, sie bekommen einen weich! Sie bohren und bohren, und man darf keinesfalls merken lassen, dass sie einem weh tun. Das wäre bestimmt gegen die gute Sitte auf dem Lande!

Ich bin fest entschlossen, bis Mitternacht sitzen zu bleiben. Es beseelt mich die irre Hoffnung, dass Karla mich hier noch suchen könnte. Hier muss ich bleiben, ich darf nicht weggehen, sosehr meine Unruhe mich auch treibt. Diesen Ort, diese Bibliothek kennt sie, aber wo ich schlafen werde, das weiß sie nicht! Schlafen werde? Ich werde heute Nacht überhaupt nicht schlafen!

Es ist nun drei viertel zwölf, eine Viertelstunde vor Mitternacht, fünfzehn Minuten vor Jahresschluss – diese neunhundert Sekunden hat Karla noch die Chance, mich im alten Jahre zu treffen. Dein Wohl, Karla! Du bist doch die beste aller Frauen – nur komm jetzt endlich! Es ist unmöglich, dass wir dieses alte Jahr verrauschen lassen und halten uns dabei nicht an den Händen! Mach doch schnell! Ich warte hier mit solcher Ungeduld auf dich! Zum neuen Jahr haben wir uns immer so viele Küsse gegeben, wie wir alt waren – willst du jetzt mit unserer Tradition brechen?

Kaum hat mich diese Erinnerung heimgesucht, so ist mir auch schon klar, dass ich unmöglich hier länger tatenlos hocken kann, nur auf Karlas Unternehmungslust bauend. Ich bin der Mann, ich habe die Taten zu tun …

In einem Augenblick habe ich die Schuhe von den Füßen, drücke leise auf die Klinke, mit einem sachten Ächzen öffnet sich die schwere, eichene Tür, und ich stehe auf dem Gang. Nur eine Birne brennt noch, gerade über mir. Sonst ist alles dunkel, und es ist auch still. So angestrengt ich ins Haus lausche, ich höre kein Geräusch – von der ruhigen und gesitteten Silvesterfeier etwa.

Einen Augenblick besinne ich mich. Dann beginne ich meine Wanderung. Ich gehe leise, auf Socken. Wenn der Gang eine Biegung macht, stehe ich erst eine Weile hinter der Ecke, spähe ins Dunkel und horche wieder. Ich hüte mich, Licht zu machen. Dieses Licht könnte jemand von außen sehen, und Herr Strabow würde herbeieilen und nach meinen Wünschen fragen!

Zur Hölle mit Herrn Strabow, ich habe jetzt keine Zeit, an ihn zu denken! Ich muss auf meinen Weg achten! Bis zu der Stelle, wo ich in den dunklen Hallenschlund hinabsehen kann, ist alles glattgegangen. Aber nun betrete ich unbekanntes Land.

Es ist der andere Schlossflügel, vermutlich haust hier auch Fräulein Kluge. Schrecklicher Gedanke, ihr zu begegnen, auf Socken, im völligen Dunkel. Ich gehe noch vorsichtiger, mit den Fingerspitzen betaste ich lautlos die Wände. Sobald ich eine Tür spüre, neige ich mein Ohr gegen sie und lausche. Einmal höre ich hinter solcher Tür das Ticken einer Uhr, aber sonst vernehme ich keinen Laut. Ich kenne den Schlafatem Karlas, ich weiß, wie oft Mückchen sich im Bett laut von einer Seite auf die andere wirft – aber dieses verwunschene Schloss ist totenstill! Als wohne kein Mensch darin, als irre ich allein wie ein Gespenst durch das tote Gehäuse, dem das fröhliche Leben längst entfloh!

Verdammt! Dies war eine höchst unvermutete Stufe

treppauf! Ich bin mit Getöse die Treppe hinaufgefallen. Ich sitze im Dunkeln auf der Erde und betaste meine schmerzenden Knie. Wenn nur ein lebender Mensch in der Nähe schläft, er muss von diesem Lärm aufgewacht sein!

Ich sitze und lausche, aber nichts rührt sich! Ich stehe auf und horche wieder: nichts! Nun ist schon alles egal, ich werde Licht machen. In dieser ägyptischen Finsternis finde ich Karla nie.

Ich taste die Wände entlang, aber ich bin in einem anderen Schlossteil, für den Strabows – Karls Weisungen nicht zu gelten scheinen: Es gibt hier keine Säulen, nur glatte Wände, mit Stoff bespannt, und keine Schalter.

Schließlich fühlen meine tastenden Hände eine Tür, eine Türklinke. Nach kurzem Bedenken öffne ich die Tür. Es muss gleich Mitternacht sein, ich werde Karla finden, und wenn das ganze Schloss zusammenläuft!

Ich fasse den Lichtschalter und drehe ihn …

Dies ist Karlas Zimmer!

Jawohl, hier bin ich – das Schicksal selbst hat mich geführt: Ich stehe in Karlas Zimmer. Auf dunklen Wegen, treppauf fallend, habe ich zu Karla gefunden! Dort steht Mückchens Bett – sie liegt auf der Seite und schläft fest. Und das ist Karlas Bett – ich mache einen Schritt und sehe zu meiner grenzenlosen Enttäuschung, es ist leer! Ich sehe mich suchend im Zimmer um, ich entdecke eine Tür, ich komme ins Badezimmer.

Auch das Badezimmer ist leer. Aber es ist ein Duft von Wärme und Seife darin, der mir verrät, dass Karla hier eben noch gebadet hat. Dieser weiche Duft wirkt auf meine Sinne, meine Sehnsucht nach Karla wird riesengroß – und jede Sekunde kann es Mitternacht sein!

Ich eile durch eine zweite Tür, in ein anderes Zimmer. Es ist wiederum ein Schlafzimmer, eingerichtet fast wie das Karlas, nur dass statt eines Frisiertisches ein kleiner Schreibtisch darin steht.

Wie vom Donner gerührt halte ich an. Also habe ich es richtig im Gefühl gehabt: Sie haben ihr Spiel mit mir getrieben! Dies sind die Zimmer eines Ehepaars, in der Mitte das Badezimmer, flankiert von den beiden Schlafzimmern! Und uns zum Possen haben sie mich in den äußersten Winkel des Schlosses gesteckt, sie haben sich eingebildet, wir seien jung und blöde! Sie haben sich einen Jux mit uns machen wollen!

Eine kalte Wut erfüllt mich. Achtlos eile ich durch das Schloss, renne in jedes Zimmer, schalte alle Lichter ein, immer eiliger. Erst leise, dann immer lauter fange ich an zu rufen: Karla! Karlchen! Karla! Höre doch …

In der Bibliothek finde ich sie. In der Bibliothek hat sie auf mich gewartet, suchend nach mir, wie ich nach ihr. Sie hat den lichtroten leichten Morgenrock über ihrem Hemd an, sie stürzt in meine Arme. Ich spüre wieder die Wärme ihres Leibes, wir finden uns in einem unendlichen Kuss! Während wir uns küssen, fängt es an, Mitternacht zu schlagen. Die Glocken läuten, ferner im Dorf knallt es.

›Kerlchen!‹

›Maxe! Wie ich mich nach dir gesehnt habe!‹

›Alles Gute, Kerlchen! Alles Gute fürs neue Jahr!‹

›Und dir erst, Max!‹

›Los, setz dich hier in den Sessel – ich komme gleich zu dir. Ich will nur noch Holz auflegen, du musst ja frieren …‹

›Ach, jetzt ist mir herrlich warm …‹

›Ich bin wirklich gleich wieder bei ihr.‹

›Gott sei Dank, dass ich dich gefunden habe! Ich dachte, ich fände dich nie –!‹

›Und ich war erst verzweifelt, als du nicht hier warst! Dann sah ich deine Schuhe stehen, und da dachte ich mir schon, dass du mich suchtest. Ich wusste doch nicht, wo du schläfst …‹

›Du, Karla, ich habe das andere Schlafzimmer neben deinem Bad gefunden. Die nehmen uns nicht für voll, die denken, sie können es mit uns machen …‹

›Ich kann die Kluge nicht ausstehen …‹

›Und ich den Strabow nicht …‹

Tiefes Räuspern …

›Die Herrschaften werden entschuldigen, wenn ich störe. Ich sah das Licht. Wenn ich der gnädigen Frau eine Decke überlegen dürfte, es ist kühl …‹

Da stand er, der Untadelige, der Würdevolle, und wahrhaftig, er hatte eine Decke über dem Arm!

›Strabow!‹, sagte ich, und wenn es nicht gelogen wäre, dass Menschen vor Wut schäumen, so hätte ich so viel Schaum vor dem Munde haben müssen, als sei ich eingeseift – ›Herr Strabow!‹, sprach ich, ›habe ich Ihnen nicht schon dreimal gesagt, ich brauche Sie nicht mehr?! Himmelherrgott, tun Sie, was ich Ihnen sage, und scheren Sie sich –!‹

›Ich bitte sehr um Verzeihung, sagte er würdevoll, aber die Temperatur ist hier jetzt tatsächlich unter Zimmerwärme, und die gnädige Frau wird sich erkälten …‹

›Ich habe Ihnen gesagt, dass Sie sich scheren sollen! Wollen Sie jetzt auf der Stelle machen, dass Sie fortkommen –!‹

›Herr Schreyvogel‹, sprach er. ›Ich bin nicht gewöhnt, dass meine Herrschaft so mit mir redet. Ich bin gewohnt, Tag und Nacht für meine Herrschaft zu sorgen …‹

›Herr Strabow‹, antwortete ich schneidend, ›mein Onkel Eduard hochselig hat mir mitgeteilt, dass Sie nicht nur für Ihre Herrschaft, sondern auch für junge Mädchen mit Silber und Wäsche sorgen …‹

›Herr Schreyvogel, ich muss doch sehr bitten! Es gibt Gerichte, die derartige Verleumdungen …‹

›Mein Vetter Friedrich Karl Schreyvogel hat Ihnen doch hoffentlich Ihren Vorschuss auf die Erbschaft zurückgezahlt, Herr Strabow? Im anderen Falle können Sie ihn morgen früh auf dem Gutsbüro mit Ihrem Restgehalt erheben. Meinen Vetter hätten Sie so behandeln können, wie Sie mich behandeln wollten, mich nicht!‹

Herr Strabow seufzte. ›Ich sehe, ich bin verleumdet worden, Herr Schreyvogel. Herr Schreyvogel werden die Güte haben, mir eine Rechtfertigung zu erlauben. Vielleicht nicht jetzt, sondern morgen Vormittag, wenn es Herrn Schreyvogel recht sein sollte. Ich wünsche den Herrschaften ein recht gutes neues Jahr. Gnädige Frau, ich habe die Decke hier auf den Stuhl neben der Tür gelegt. Gute Nacht, die Herrschaften!‹

Karla und ich, wir starrten sprachlos die sich sanft schließende Tür an. Dann sahen wir einander an, brachen beide in ein schallendes Gelächter aus.

›Das sind Menschen!‹, schrie ich und schlug mit den Händen auf meine Oberschenkel vor Vergnügen. ›Ich hätte so was nie für möglich gehalten! Die Stelle hier muss noch viel einträglicher sein, als ich gedacht habe!‹

›O Maxe‹, rief Karla und hörte sofort mit Lachen auf. ›Sei doch nicht so böse, Maxe! Wir wollten doch gut bleiben, Max!‹

PAUL SCHEERBART

Das Gespensterfest

Eine Silvestergeschichte

Der alte Baron Münchhausen kann sich von China gar nicht trennen; jetzt hat er bereits den Kaiser von China kennengelernt – und da schäumt nun seine Begeisterung einfach über. Diese kommt in seinen Briefen an die Gräfin Clarissa vom Rabenstein so heftig zum Ausdruck, dass es sich wohl lohnt, noch einen dieser Briefe hier zum Abdrucke zu bringen.

Die Gräfin, die jetzt vierundzwanzig Jahre ist, muss sich augenblicklich in einer Berliner Klinik einer kleinen Operation unterziehen. Die ist aber nicht im Mindesten beunruhigend.

Der alte Baron schreibt ihr aus Peking in seiner bekannten Frische das Folgende:

Meine liebe Clarissa!

Während Du Dich in Berlin operieren lassen musst, haben mir's die Chinesen jetzt ganz und gar angetan.

Der Silvester des Jahres 1910 war für mich ein großes großes Ereignis. Urplötzlich hatte nämlich der hiesige Kaiser mir seine Automobile gesandt und mich sehr höflich bitten lassen, ihn doch gleich zu besuchen.

Ich wandelte grade in einem grünseidenen Schlafrock durch meinen kleinen Park. Doch – lassen wir das Nebensächliche. Ich kam hin, und der Kaiser sagte gleich:

»Gestatten Sie, Herr Baron, dass ich Sie immer kurz nur Münch nenne, wie es die Gräfin Clarissa tut?«

»Majestät«, erwiderte ich heiter, »ich gestatte!«

»Dann gestatte ich Ihnen«, fuhr er jovial fort, »dass Sie mich Li-To nennen. So nannte mich immer meine selige Frau Großmama. An die erinnern Sie mich öfters.«

»Ich bin«, versetzte ich lächelnd, »mindestens dreimal so alt wie Ihre Frau Großmama. Aber Majestät – ich wollte sagen: Lieber Herr Li-To – es ehrt mich ungemein ...«

»Machen Sie keine«, rief Majestät, »so furchtbar überflüssige Redensarten. Sie sind hier im aufgeklärtesten Lande der Erdrinde – beim veritablen Sohne des Himmels. Eigentlich sind wir alle Söhne des Himmels. Setzen Sie sich, lieber Münch. Sie können auch das Herr weglassen, denn ich bin zu einem alten Herrn, der nun schon sein einhundertundsechsundachtzigstes Lebensjahr erreicht hat, mächtig jovial. Na – das merken Sie wohl.«

Ich will nicht weiter mit dieser kaiserlichen Fraternität paradieren. Aber Du sollst bloß sehen, dass ich hier *persona gratissima* bin. Das wird Dich freuen, darum sag ich das. In Europa kamen mir die alten Potentaten nicht so liebenswürdig entgegen – wie hier der junge Potentat Li-To.

Im Volke heißt er natürlich nicht Li-To.

Aber im Volke weiß man ja von dem Leben der Potentaten so wenig. Man fasst da alles so anders auf. Und man missversteht so viele Dinge, denkt, der Kaiser von China hat einen Harem mit tausend Frauen und muss darum ein Idiot sein. Wir haben von seinem Harem nicht eine Silbe gesprochen.

»Seine Zeit«, sagte er, »mit Regierungsgeschäften anfüllen – das mag so die Gepflogenheit europäischer Potentaten sein. In China lächelt man darüber und verlangt Derartiges von mir nicht. Einmal im Jahre habe ich mich dem

Volke zu zeigen. Damit aber sind alle meine Regierungspflichten erfüllt. Das Übrige machen meine Mandarine. Und ich bin nicht so eitel, dass ich glauben könnte, durch persönliches Eingreifen viel besser zu machen. Im Gegenteil: Da ich die Verhältnisse im Volke doch niemals richtig überblicken kann, so glaube ich, dass jedes persönliche Eingreifen nur verwirren dürfte – ganz abgesehen davon, dass es nicht majestätisch wirkt. Majestätisch zu wirken aber – dazu bin ich verpflichtet. Indessen – von alledem spricht man nicht so viel. Lieber Münch, kommen wir auf das, was ich mit Ihnen zusammen genießen will. Heute haben wir Silvester.«

»Lieber Li-To«, sagte ich leise, »jetzt bin ich aber mächtig neugierig. Eine Lappalie ist es nicht. Davon bin ich überzeugt.«

»Da haben Sie«, versetzte er lachend, »ins Schwarze getroffen. Ich will ja mit Ihnen ein Gespensterfest mitmachen.«

»Ein Gespensterfest?«, rief ich entsetzt.

»Jawohl, ein Gespensterfest!«, fuhr er lächelnd fort, »Sie wissen doch, dass zwischen 11 und 12 Uhr die sogenannte Geisterstunde ist. Nun gut! Am Silvester eines jeden Jahres betrinken sich die meisten Menschen – die Astronomen aber auch – und zwar alle. Das ist so auf dem Stern Erde. Ich also sagte: Ha! ha! um die Zeit kann also wohl auf den Sternwarten was ganz Besonderes zu sehen sein – das, was geheim bleiben soll. Merken Sie was, lieber Münch?«

Ich verneinte, und er fuhr fort:

»Ich hab im vorigen Jahr was Imposantes entdeckt – auf unsrer Sternwarte. Ich bin überzeugt, dass ich in diesem

Jahre etwas Ähnliches entdecken werde. Und das will ich mit Ihnen zusammen genießen. Sind Sie einverstanden, lieber Münch?«

Ich bejahte.

Und wir aßen dann unter anregendem Gespräch ein vorzügliches Abendbrot – zur Stärkung –, wir beide ganz allein. Das war auch schon himmlisch.

Aber das wahrhaft Himmlische kam dann für den Sohn des Himmels und für mich um die elfte Stunde – hoch oben auf der Sternwarte des Kaisers von China im Residenzpalaste zu Peking, allwo wir beide auch allein waren, während alle andern Schlossbeamten, Schlossgelehrten, Schlossmandarine und Schlossdiener den Abgang des alten Jahres in schlemmerhafter Weise feierten.

Wir saßen währenddem schweigend vor unsern beiden Teleskopen und suchten das Himmelsfeld dicht über dem Horizont ab.

Und was wir erwarteten, konnten wir bald sehen.

So was hab ich nicht für möglich gehalten.

Aber wahr ist es.

Die Beschreibung fällt mir etwas schwer.

Es ging alles zu schnell.

Zuerst sahen wir weiße Flecke über dem Horizont. Die gingen plötzlich in Kristallformen über und sandten glühende Farbenkegel aus wie Brillanten.

Dann fielen ganz zarte Schleiergebilde über die Brillanten und nahmen ihnen das Licht.

Und bald lag das Ganze wie ein feines Wolkengebirge da – hellblaue – und auch dunkelblaue – und auch einfach graue Stellen dazwischen.

»Das ist nur der Anfang!«, sagte der Kaiser.

Man musste das Teleskop oftmals drehen, da man ja immer nur einen kleinen Teil des Himmels sah.

Nun gab mir der Kaiser einen großen Operngucker, der auf einem großen drehbaren Gestell ruhte.

Damit konnte man nun mehr sehen.

Es war wie in einem Theater.

Und ich hatte schon den Kaiser im Verdacht, dass er uns am Horizonte einfach etwas vormachen ließ – von seinen Leuten.

Da jedoch reckten sich gelbe Gebilde am Horizont empor und wuchsen immer höher und blieben durchsichtig wie Kometenschweife und bekamen baumartige Formen mit starken Ästen. Und diese gelblichen Bäume erhielten rote Ränder auf einer Seite.

Und aus den Ästen sprangen bläuliche Wesen hervor mit großen blauen Köpfen.

Und das Ganze verschwand mit einem feinen hörbaren Knall.

»Was ist das denn?«, fragte ich ruhig.

Und der Kaiser sagte:

»Ein Gespensterfest! War schon im vorigen Jahre da. Aber damals war's ganz anders. Unsre Astronomen amüsieren sich und lassen sich das Herrlichste des ganzen Himmels entgehen. Ich hab's ihnen nicht gesagt. Aber Sie, Münchhausen, können die Geschichte den Europäern erzählen. Man entdeckt hier doch mehr als in Europa! Ah! jetzt kommt es!«

Und es wurde der ganze Himmel dunkelviolett. Und karminrote Gestalten – wie abenteuerliche Rosse – jagten auf dem dunkelvioletten Hintergrunde vorüber. Gleichzeitig kam eine grellgrüne kleine Sonne über dem Horizont zur Hälfte vor und sandte kleine Scheinwerfer – hellgrüne – nach allen Seiten. Und die Sonne bekam dunkelgrüne Augen, die leuchteten und brannten wie Smaragde.

Wieder ein kleiner feiner Knall – und alles tobte wüst durcheinander, dass wir nicht folgen konnten.

Danach gingen – an das Fabelhafte des ganzen Vorganges hatte ich mich schrecklich schnell gewöhnt – die Beine großer Gestalten vorüber. Die Köpfe konnte ich nicht sehen. Aber die Beine waren pechschwarz und hatten unzählige Kniegelenke übereinander. Die Füße hatten ganz lächerliche Formen, gingen auf und ab – wie bei einem langsamen Tanz.

Und dann wurde alles am Himmel so hell, dass wir die Augen schließen mussten. Das Licht blendete uns.

»Das soll ein Gespensterfest sein?«, fragte ich langsam.

»Münch«, rief da der Kaiser zornig, »Sie sind an so abenteuerliche Geschichten gewöhnt, dass Ihnen das Gespensterfest keine größere Freude bereitet. Sie sind doch maßlos blasiert. Ein Astronom würde an Ihrer Stelle halbtot vor Begeisterung sein. Sie sollten sich doch ein wenig schämen.«

»Majestät!«, rief ich da auch etwas aufgebracht, »wenn ich hier herumhopse vor purer Begeisterung, so bin ich doch nicht in der Lage, die seltsamen Abenteuer weiterzuverfolgen. Man muss doch neuen Erscheinungen gegenüber seine Ruhe bewahren. Jedenfalls möchte ich doch die Natur dieser Gespenster etwas näher kommen lernen. Vorläufig finde ich noch nicht den Zusammenhang.«

Da bildete sich in der Mitte hinter den tanzenden schwarzen Gespensterbeinen ein großes Loch. Die Beine verschwanden, und das große Loch wurde grau, spinngewebeartig und immer größer.

»Schnell wieder an die Teleskope!«, schrie der Kaiser.

Wir taten's und sahen nun in dem grauen Loch eine Unmenge von geisterhaften Wesen – alle grau – und wie Schleier wirkend – mit großen und kleinen Köpfen. Die wogten da durcheinander. Und man sah, dass alles in einer gewissen festlichen Bewegung war. Und da flammten überall in dem Loch blaue, rote und grüne Lampen auf. Die wirkten ganz klein.

»Münch, hören Sie etwas?«, fragte der Kaiser.

Ich horchte, aber ich hörte nichts.

Nun sahen wir wieder durch das große Opernglas und bemerkten, dass derartige Löcher auf allen Seiten des Horizontes sich aufgetan hatten.

Und diese Löcher veränderten ihre Form und wurden zu Abgründen.

Und das ging alles so rasend rasch, dass es mir unmöglich wurde, Einzelheiten festzuhalten.

Ich habe die Absicht, das ganze Traumbild – als solches kam es mir schließlich vor – in einem langen Romane zu schildern.

»Ja«, sagte ich schließlich, als alles verschwunden war, »haben wir das wirklich erlebt? Ich kann noch gar nicht an das Veritable des ganzen Spukes glauben.«

»Im vorigen Jahre«, erwiderte der Kaiser, »ging es mir grade so. Ich glaubte, geträumt zu haben. Deshalb bat ich Sie ja grade, lieber Münch, in diesem Jahre dem Vorgange beizuwohnen. Wir sind auf der Erde bereits an so viele Wunder gewöhnt, dass es uns nicht wundern darf, wenn wir ein wenig abgespannt selbst dem Kolossalsten beiwohnen. Dieses war wohl das Kolossalste, das ich erlebt habe. Ich freue mich schon auf das nächste Jahr. Ich glaube, die

Silvesternacht wird immer großartiger werden. Jetzt wollen wir auch die Herren der Wissenschaft darauf aufmerksam machen. Die sollen uns diese himmlischen Wunder erklären. Ich fürchte, ihre Weisheit wird dabei ebenso versagen – wie bei allen andern Wundern des Himmels. Ist denn die Sonne – und sind denn die Kometen – weniger wunderbar als das, was wir heute sahen?«

Also sprach der Kaiser von China.

Ich füge dem nichts mehr hinzu.

Ich bin wie stets
Dein alter

Münch von Münchhausen

GUSTAV MEYRINK

Honni soit, qui mal y pense

»Du, Fredy, was bedeutet denn eigentlich die rote, riesige ›29‹ dort drüben über dem Podium?«

»Na, weißt du, Gibson, du stellst manchmal Fragen!? – Was die ›29‹ bedeutet! – Weshalb sind wir denn hier? – weil Silvester ist – Silvester 1929!«

Die Herren lachten alle über Gibsons Zerstreutheit.

Graf Oskar Gulbransson, der unten im Saale stand, blickte zur Brüstung empor, und als er die fröhlichen Gesichter mit den modischen, nach Chinesenart lang herabhängenden Schnurrbartspitzen über dem verschnörkelten Geländer sah, musste er unwillkürlich mitlachen und rief hinauf: »Jemand einen Witz gemacht, eh? – Messieurs, wenn Sie wüssten, wie furchtbar lustig Sie mit Ihren mongolisch glattrasierten Schädeln da oben auf dem goldenen Balkon aussehen! – Wie Vollbluttataren. – Warten Sie, ich komme auch hinauf, ich muss nur meine Dame auf ihren Sitz führen. – Es fängt nämlich gleich an: Die Komtesse Jeiteles wird ein Lied von Kurt Sperling singen und der Komponist sie selber auf der Harfe begleiten, kurz: – [er legte die Hände wie Schalldämpfer an die Wangen] – es wird schau–der–haft!«

»Wirklich ein prachtvoller alter Aristokrat, dieser Graf Oskar – riesig vornehm, und wie er durch das gelbe Seidengewimmel da unten schießt wie ein Hecht«, sagte einer der Herren, ein Russe namens Zybin. »Ich habe neulich ein Bild von ihm in der Hand gehabt, wie er vor fünfundzwanzig Jahren oder so ungefähr aussah – Frack – ganz schwarz – von anno dazumal, aber trotzdem verdammt elegant.«

»Muss übrigens eine scheußliche Mode gewesen sein; schon die Idee, sich anliegend und noch dazu schwarz zu kleiden«, warf Fred Hamilton dazwischen, »wenn da auf *einem Balle* ein paar Herren bei einer Dame standen, musste das ja rein aussehen, als ob sich die Raben um ein Aas –«

»In galanten Vergleichen leisten Sie wirklich Übernatürliches, Fredy«, unterbrach der Graf, der etwas atemlos, so schnell war er die Stufen hinaufgelaufen, hinzutrat – »aber jetzt rasch, Messieurs, ein Glas Sekt, ich habe mich von Frau Werie bereits verabschiedet und möchte mich recht, recht, recht amüsieren.«

»Apropos, Graf, wer ist das junge Mädchen dort?«, fragte Gibson, der immer noch von der Balustrade in den oval gebauten Saal hinabsah, aus dem eine Flut von hellroten Polstern, zu Sitzen für die Zuschauer aufeinandergelegt, in entzückendem Kontrast zu den goldgelben türkischen Pluderhosen der Damen und eine Nuance dunkleren Togavestons der Herren hervorleuchtete.

»Welche meinen Sie, lieber Gibson?«

»Die dekolletierte dort.«

Allgemeine Heiterkeit.

»Sie sind wirklich köstlich, Gibson – die dekolletierte! – Es sind doch alle dekolletiert! – Aber ich weiß, wen Sie meinen – die kleine Chinesin, nicht wahr, neben dem Professor R. mit dem schlecht rasierten Kopf? – Das ist ein Fräulein von Chün-lün-tsang. – Ah, da ist ja schon der Champagner!«

Ein livrierter Pavian war vorgetreten und wies zum Zeichen, dass der Wein serviert sei, mit seiner zottigen Hand auf den schillernden Vorhang, der den Hintergrund des Balkons abschloss.

»Eigentlich für Affen eine sehr kleidsame Tracht«, bemerkte ein Herr halblaut, um das Tier, das mittels Hypnose dressiert war und jedes Wort verstand, nicht zu kränken.

»Besonders die Idee, die Knöpfe mit Nummern zu versehen, ist sehr sinnreich – dadurch kann man sie voneinander unterscheiden«, setzte Fredy hinzu. »Übrigens erinnert das an die kriegerisch lächerlichen Zeiten vor fünfundzwanzig Jahren. –«

Der dröhnende Schall einer Tritonmuschel schnitt ihm das Wort ab: Das Konzert begann.

Die Bogenlampen erloschen, und der Saal in seinem zarten Schmuck aus japanischen Pfirsichblüten und Efeu versank in tiefe Finsternis.

»Gehen wir, Messieurs, es ist höchste Zeit – sonst überrascht uns der Gesang«, flüsterte der Graf, und man schlich auf den Zehen in das Trinkzelt.

Hier war alles schon vorbereitet – die Atlaspolster im Kreise geordnet und zum Sitzen oder Liegen geschlichtet, kleine Wannen aus Chinaporzellan daneben, voll Nelkenblätter zum Trocknen der Finger – die Sektkelche, mit dem perlenden Gemisch von indischem Soma und Champagner soeben angefüllt, steckten in Schulterhöhe in goldenen Drahtschlingen, die vom Plafond herabhängend durch rhythmisch leises Erzittern den Wein in stetem Moussieren erhielten.

Von den Zeltwänden strahlte gleichmäßig mildes Kaltlicht aus und floss in märchenhaftem Glanze über die weichen seidenen Teppiche.

»Ich glaube, heute bin ich an der Reihe?«, sagte Monsieur Choat, ein kirgisischer Edelmann. »Jumbo, Jumbo« – und er rief in den winzigen Schalltrichter an dem Metallstab, der mitten vom Boden des Gemaches empor durch einen Ausschnitt im Plafond bis zur vollen Höhe des Hauses reichte – »Jumbo, Jumbo, die Kugel, rasch, rasch!«

Im nächsten Augenblick glitt der Affe lautlos aus der Dunkelheit die Stange herab, befestigte eine kopfgroße, geschliffene Beryllkugel an zwei Schlingen und verschwand behende wieder in die Höhe.

Der Kirgise zog ein Mescal-Etui hervor und warf den weiten Seidenärmel zurück: »Darf ich vielleicht einen der Herren bitten?!«

Geschickt brachte ihm der Graf mit einer Pravaz'schen Spritze eine Injektion am Arme bei: »So, das wird gerade für eine oder zwei Visionen ausreichen.«

Monsieur Choat schob die Beryllkugel ein wenig höher, so dass er sie bequem fixieren konnte, und lehnte sich zurück: »Also – worauf soll ich meine Gedanken richten, meine Herren?«

»Auf den neuen Propheten in Shambala – Szenen aus einer römischen Arena – Orionnebel – Buddha im Stiftungsgarten Kosambi«, riefen alle durcheinander; jeder wollte etwas anderes.

»Wie wäre es, wenn Sie einmal erforschen wollten, wo eigentlich das Paradies gestanden haben mag«, schlug Graf Oskar vor.

Gibson nützte die günstige Gelegenheit und schlüpfte unbemerkt aus dem Zelt, er hatte dies visionäre Schauen – diesen neuen Sport – nachgerade satt bis zum Überdruss, was kam dabei heraus? Farbenprächtige Halluzinationen, die jeder schilderte, so lebendig er konnte – und was es eigentlich sei, ob unbewusste Gedanken, die der Beryll reflektierte, ob vergessene Vorstellungen aus früherem Dasein, war doch niemand zu sagen imstande.

Er trat an die Brüstung und schaute hinab.

Harfenakkorde, durchbrochen von abgerissen gesungenen Tönen, die zuweilen im Hintergrunde von einem jähen intensiven Aufblitzen eines Lichtfunkens – rot, blau, grün – begleitet waren, zitterten durch die Dunkelheit. – Moderne Musik!

Er lauschte gespannt diesen aufregenden Weckrufen, die seltsam ruckweise an das Herz brandeten, als sollten sie beim nächsten Pulsschlag die durch das Leben dünngeschabten Scheidewände der Seele zu neuer, unerhörter Verzückung durchbrechen.

Der Saal da unten lag in Finsternis, nur die Diamantagraffen im Haar und am Halse der Frauen und Mädchen warfen funkelnd den Schein von winzigen Radiumperlen, die wie Leuchtkäfer grünlich erglommen, auf in Opalpuder schimmernde Busen.

Unbeweglich standen die Herren hinter ihren Damen, und hie und da sah man die vergoldeten Fingernägel aufblitzen, wenn sie, Kühlung zufächelnd mit der Hand, in die unmittelbare Nähe des phosphoreszierenden Haarschmuckes gerieten.

Gibson mühte sich den Platz herauszufinden, wo Fräulein von Chün-lün-tsang sitzen musste. – Noch heute wollte er den Grafen bitten, ihn vorzustellen –, da fasste ihn jemand am Arm und zog ihn höflich in das Zelt zurück.

»Ach, verzeihen Sie, lieber Gibson, wenn wir Sie gestört haben – aber Sie sind ja ein großer Schriftgelehrter, und Monsieur Choat hat da so merkwürdige Visionen im Beryll gehabt und meint, dass sie sich wirklich auf das Paradies – den Garten Eden – beziehen könnten.«

»Ja, denken Sie nur, eine vorsintflutliche unendlich üppige

Landschaft erschien mir«, bestätigte der Kirgise, »dabei Nordlicht, unsagbar prachtvoll – weiß mit rosa Rändern, wie Spitzen herabhängend vom Himmel, und die Sonne, glühend rot, zog am Horizont entlang, ohne unterzugehen; es war, als ob sich das Firmament im Kreise drehe und –«

»Das sind doch alles die Himmelszeichen des *Polarkreises*, nicht wahr? – Denken Sie nur, die Wiege der Menschheit auf dem *Nordpol*!«, unterbrach Graf Oskar. – »Übrigens, tropisches Klima war tatsächlich in grauer Vorzeit dort oben.«

Gibson nickte mit dem Kopf: »Wissen Sie, dass das alles sehr merkwürdig ist – wie heißt es denn nur schnell im *Zendavesta*? Ja: *Dort oben sah man die Sonne, die Sterne, den Mond einmal nur kommen und gehen im Jahr* – und: *es schien ein Jahr ein einz'ger Tag zu sein*, auch steht im *Rig-Veda*, dass damals die Morgendämmerung tagelang am Himmel stand, ehe die Sonne aufging [die Herren stießen sich an: was der Mensch für ein unglaubliches Gedächtnis hat], und dann sagt schon Anaximenes –«

»Ich bitte dich um Gottes willen, hör schon auf mit deiner Gelehrsamkeit«, rief Fredy und schlug den Vorhang zurück. – »Ah: die Musik ist aus.«

Blendende Helle strömte herein.

Ein plätscherndes, pritschelndes, tätschelndes Geräusch erfüllte den Saal und wollte nicht enden.

»Welch ein Applaus, meine Herren, sehen Sie nur, wie der Opalpuder in die Luft steigt – über die Brüstung kommt eine wahre Wolke herauf.«

»Eine recht merkwürdige Mode, diese Art zu applaudieren«, sagte jemand. »Dass sie übrigens dezent wäre, könnte man nicht –«

»Na, und wie weh das tun muss – ich möchte keine Dame sein, bestimmt nicht – apropos, wissen Sie nicht, Graf, wer die Erste war, die diese Mode erfand?«

»Das kann ich Ihnen ganz genau sagen«, sagte dieser lachend, »das war vor Jahren die Fürstin Juppihoy, eine sehr korpulente Dame, die gewettet hatte, die Menge werde ihr *auch das* nachmachen – und sie hatte nicht nur die Courage, sondern auch die – Dekolletage dazu. – Sie können sich vorstellen, welches Entsetzen das damals erregte.«

Wieder erscholl das plätschernde, pritschelnde, tätschelnde Geräusch aus dem Saal empor.

Die kleine Gesellschaft schwieg nachdenklich.

»Warum eigentlich die Herren nicht auch mit applaudieren dürfen«, sagte plötzlich Gibson träumerisch.

Einen Augenblick große Verblüffung, dann brachen alle in ein stürmisches, schallendes Gelächter aus.

Gibson wurde rot: »Aber ich meine es doch gar nicht so; honni soit qui mal y pense.«

Die Heiterkeit verdoppelte sich; Fred Hamilton wand sich auf seinem Polster; »Ha, ha, ha, um Gottes willen, hör auf – ich sterbe –, mir scheint, du hast an deine kleine Chinesin gedacht.«

Dröhnende Gongschläge hallten durch das Haus.

Der Graf hob sein Glas in die Höhe: »Messieurs, wollen Sie nicht anstoßen, so hören Sie doch« – vor Lachen konnte er kaum weitersprechen –, »Messieurs – es schlägt soeben 24 Uhr –, prosit Neujahr 1929, prosit, prosit!«

HANNS DIETER HÜSCH

Um Silvester rum!

Sagen Sie mal
Haben Sie auch so um Silvester rum
Immer so'n komisch Gefühl
Ich mein Weihnachten natürlich auch
Aber ich hauptsächlich so um Silvester
Ich hab ja das Gefühl
Dass meine Lieben die ja da oben im Himmel sitzen
Mich Silvester rum
Ganz besonders beobachten
Ich mein
Ich mag mich ja täuschen
Un ich will mich auch nicht dafür verbürgen
Aber ich hab das Gefühl
Ich mein die haben ja nix zu tun
Un da sitzen die da und beobachten mich
Ich bin dessen ziemlich sicher
Un gucken wat de Jung wohl so macht
Ich meine de Jung wird bald 70
Aber für die da oben bin ich immer noch de Jung
Dat is am Niederrhein nun mal so
Da können Se 100 werden
Dann sagen die immer noch: Wenn dat dein Mutter wüsste
Also, ich mach mir da gar nichts vor
Die sitzen all da oben und gucken
Und je älter ich werd
Desto mehr hab ich diese kindliche Vorstellung

Dass der Himmel eben so 'ne ganz große Wohnung ist
Mit vielen Zimmern natürlich
Und Tischen und Bänken, und Stühlen und Fenstern und Gardinen
Also auch so mit Übergardinen
Genauso wie bei uns zu Haus
Und dann sitzen die all da und gucken und warten
Bis der Nächste drankommt
Und es eines Tages ja Unserein auch erwischt
Ja sicher
Oder meinen Sie vielleicht wir kämen ausnahmsweise nicht dran
Nix
Ich weiß ja auch nicht genau, was die da oben all von mir sagen
Tante Anna zum Beispiel, ne
Die beobachtet nur ob ich zugenommen oder abgenommen hab
Ob ich gut ausseh oder ob ich kränkskes bin:
De Jung sieht ja so blass aus
Der kriegt sicher nicht genug zu essen
Die Haar hatte jetzt ja schön kurz
Sah ja schrecklich damals aus
Die lange Haar
Neuerdings zieht er sich auch immer so 'n schönes blaues Hemd an
Und nicht immer so 'n tristes graues wie früher
Steht ihm gut
Sein Mutter hätt ja so gern gesehen, wenn er Chirurg geworden wär
Der Vater ging ja mehr in so Konzerte

De fuhr ja immer extra deswegen in die Tonhalle
        nach Duisburg
Da hatte der ein richtiges Abonnement
Aber Arzt wär ja schön gewesen
Neulich hab ich ihn ja im Fernsehen gesehen
Und da hatte en Pullover angehabt
Oben mit so 'nem weißen Hemd raus
Sehr schön
Ich sag immer: Wenn ma genug zu essen hat
Und im Winter immer schön warm angezogen ist
Dat is dann schon das halbe Leben
Hier oben merkt man ja noch weniger wie die Zeit vergeht
Er ist ja immer noch Kabarettist und viel unterwegs
Ich weiß gar nicht, wann er in Pension gehen will
Dat müsste ja jetzt bald schon sein
So sitzen die da oben und gucken
Und so gucken wir eines Tages auch
Immer so um Silvester rum.

JOACHIM RINGELNATZ

Durch das Schlüsselloch eines Lebens

Aber als das Fest müde geworden, als jene schalen Späße auftauchten, welche die Lustigkeit bis zur ärmlichsten Dünne in die Länge ziehen, als das Gelächter schon im Lallen oder Gähnen verklang und in der Dunkelheit stiller Nebenräume menschliche Atemzüge vernehmlich auf- und niederstiegen, da bestellte sich Berthold einen Wagen und entfernte sich heimlich.

Indem er draußen dem kalten Winterwind aufgerichtet und mit weitgeöffnetem Mantel entgegentrat, kam er sich wie ein kühner Feldherr vor, nicht nur weil ihn der Kutscher des Mietwagens entsprechend behandelte.

Der Dank eines durch Trinkgeld gerührten Dieners klang ihm nach. Der Schlag klappte beängstigend laut zu. Er vernahm ein Schnalzen, Getrappel, Gerassel und sagte mit fröhlichem Pathos: »Ich rolle.« Seinen Körper möglichst über vier Sitze verteilend, wandte er sich noch einmal nach den erleuchteten Fenstern der Villa zurück und ließ seinen Stolz in der Erinnerung baden, dass er in Gesellschaft reicher oder berühmter Leute vornehm gespeist und getrunken hatte.

Über den dick verschneiten Straßen dämmerte es bereits, und da Berthold Arbeiter, Bäcker und Milchweiber ihren frühen Geschäften nachgehen sah, ward seine gute Laune durch ein Gefühl von Beschämung gedämpft.

Irgendwo im Weichbild der Stadt ließ er halten und bezahlte den Kutscher. Die Folgegeister eines feurigen Burgunders hielten ihn wach und schürten die Lust zu der unvernünftigen Idee, mit Ballschuhen und Zylinderhut einen Morgenspaziergang über Land zu unternehmen.

Hinter den letzten Häusern sah Berthold eine weiße Wüste von Schnee vor sich und darüber einen wohltuend ruhigen, lichtgrauen Himmel. Die frische Luft klärte seinen Blick. Der noch jugendliche Mann sandte einen recht selbstbewussten Gedanken kondolierend nach dem heißen, verrauchten Saal zurück, den er als einer der Ersten verlassen. Er war entschlossen, sich um einen Schlaf zu betrügen und seine kühne Stimmung in irgendein der Gelegenheit anzupassendes Erlebnis umzuschmelzen, wie man in der Neujahrsnacht heißes Blei ins Wasser gießt, um zu sehen, was daraus wird.

Die gleichmäßige Schneedecke verbarg Wege und Gräben, und nur die Krümmungen der Landstraße waren durch zwei Baumreihen mit gleichsam märchenhaft verzuckertem Gezweig gekennzeichnet. Aber Berthold stapfte quer über das verschneite Ackerland, oft tief versinkend. Wie ein schwarzes Boot durch ein weißes Meer ging er durch den weiten, weichen, blendend reinen, unberührten, jungfräulichen Schnee und genoss die Lust, ihn als Erster zu durchwühlen. In dieser Lust lag etwas von der Freude des Vandalen oder von dem Vergnügen, das man empfindet, wenn man die gespreizte Hand in einen Sack voll Hafer versenkt. Und doch war ihm jemand zuvorgekommen, denn er stieß bald auf die Fußstapfen eines Menschen, der, ebenfalls Straßen verschmähend, die Felder durchquert hatte. Es waren zierliche Spuren in geringen Abständen, also wohl von einer Dame herrührend.

Ein Vogel schwang sich auf, als Berthold niederkniete, die Abdrücke zu untersuchen. »Guten Morgen, Rabe«, rief er, »ich bin Lederstrumpf – nein, besser Sherlock Holmes. Wenn ich das Weib, das hier gegangen ist, erwische, dann kommst du vielleicht noch zu einem zarten Galgenfrühstück. Haha! Warte einmal – eins, zwei, drei, vier – einundzwanzig Nägel hat sie im Absatz, jawohl!«

Der einsame Sprecher erhob sich lachend und schritt beschleunigt den Fußstapfen nach; er wünschte zu erfahren, wohin die Stiefelchen zu so früher Stunde gewandert waren.

Etwas später hob er ein blauseidenes Taschentuch auf, in welches er einen kleinen, unscheinbaren Notizkalender eingewickelt fand. Auf der Umschlagseite, mit Tinte mehr gemalt als geschrieben, stand: Lygia Valtin, Gruseliusstraße 3/IV. Die inneren Buchseiten enthielten unter fortlaufenden Daten Bleistiftnotizen. Mühsam entzifferte er:

Graf Naschauer – Perlgürtel – Puderdose Bahnhof – Eisbahn – Putzi schreiben – Schutzmann Klimmer – Kneifer – vier Uhr Kaiserplatz Kleiner Schwarzer – Rezept Hirschpastete – ein Neger mit Gazelle zagt im Regen nie – Baron von Biegemann, Frankfurt am Main, Taunusstraße 7 – zwei Meter Moiréeband – Wäsche … und ähnliche Notizen.

Es geschah an einem Januar-Freitag, da Berthold das las, und für diesen Tag fand er in dem Kalender die Bemerkung: »Mutters Todestag«, »Kleiner Schwarzer zwölf Uhr Mittag«. Das war der Inhalt des Büchleins. Der junge Herr stieß einen Pfiff aus; das gesuchte Abenteuer begann. Weitereilend, gewahrte er bald, dass die Fährte, der er folgte, einem kleinen, abseits gelegenen Dorffriedhof zustrebte. Eine seltsame Rührung erfasste ihn vorübergehend. Das Bild, das er sich nach den Stiefelabdrücken, dem stark duftenden Tuch und jenen Notizen in Gedanken von Lygia

Valtin angefertigt hatte, bekam eine andere Gestaltung durch die Begriffe »Mutters Todestag« und »Feldfriedhof«. Die Achtung, die er vor der Unbekannten empfand, bewog ihn, ihre Verfolgung aufzugeben. Aber sein Interesse für die Dame war gestiegen, zumal er an dem Fund zu erkennen glaubte, dass sie hübsch, jung, gewiss auch reich an Beziehungen sei. Deshalb wollte er sie in ihrer Wohnung aufsuchen; bot doch das Tuch genügend Anlass.

Während er die Strecke über die Felder im Zurück weit schneller als im Hin durchwatete, sann er auf eine originelle Anrede, sich bei Lygia einzuführen. – Er konnte beispielsweise beginnen: Gnädigste, ich heiße Berthold Sievers und komme, um Ihnen mitzuteilen, dass Sie einundzwanzig Nägel im linken Absatz tragen. – Dann vermochte er ihr verwirrtes Erstaunen noch höher zu schrauben, indem er etwa hinzulog: Außerdem lässt Ihnen Baron von Biegemann durch mich beste Empfehlungen und die Bekanntgabe zugehen, dass er sich mit der chinesischen Prinzessin Hink Puckling verlobt und gleichzeitig eine Hutkrempenfabrik in der Taunusstraße eröffnet hat.

Das musste eine amüsante Unterhaltung zeugen, und Berthold nahm sich vor, erst dann mit Aufklärung, Taschentuch und Notizbuch herauszurücken, wenn der Grundstein zu etwas Galantem oder Zartem oder Intimem gelegt sein würde. Und ein Mädchen, das am frühen Wintermorgen aufstand, um das entfernte Grab ihrer Mutter zu besuchen, war doch nicht anders als gemütvoll und liebenswert zu denken.

Als Herr Sievers die innere Stadt erreichte, war es heller Vormittag geworden, ein lebendiger, fröhlicher Vormittag. Die Stimmen des Orchesters »Verkehr« hatten eingesetzt.

Der junge Mann betrat ein Speisehaus mit der Absicht, kräftig und behaglich zu frühstücken.

Die Kirchtürme läuteten Mittag, als er im vierten Stock des dritten Hauses in der Gruseliusstraße klingelte. Eine ältliche Frau öffnete scheu, deren Gestalt an den Kugelaufbau eines Schneemannes erinnerte, eine Frau, deren Gesicht und Kleidung dabei etwas so Trübseliges, Verwaschenes und Ungewaschenes hatten, dass der närrische Gedanke durch Bertholds Gehirn zuckte: So ungefähr müsste man sich die Mutter des schlechten Wetters vorstellen. Er konnte ein Lächeln nicht unterdrücken, er wollte es auch gar nicht, da seine Laune voll Lustigkeit und Selbstzufriedenheit war. Überdies hatten sich die Überreste einer Mahlzeit, ein paar Makkaroni, auf unerklärliche Weise in das struppige Haar der Dame verwickelt, und das wirkte durchaus erheiternd.

Herr Sievers erhielt auf seine ausgesucht höfliche Frage nach Lygia Valtin die Antwort: Das Fräulein wäre ausgegangen, aber er sollte nur warten. Das wurde ihm etwas geheimnisvoll und nicht eben freundlich mitgeteilt, doch er nickte einverstanden. Darauf schob ihn die Frau, seine Ellbogen von hinten ergreifend, wie einen Kinderwagen durch einen nachtdunklen Korridor. In dem unbehaglichen Gedanken an Schrankecken oder Stufen wollte er Tastbewegungen machen, aber da wurde er auch schon in ein helles Zimmer gestoßen. Die Tür fiel hinter ihm zu. Er hörte, wie die Makkaronidame sich draußen auf Filzschuhen schlürfend entfernte.

Berthold hängte lächelnd Mantel und Hut an einen Kleiderständer zwischen eine blauseidene Matinée und eine Gitarre, dann nahm er auf einem vergoldeten Rokokostuhl

Platz. Der Raum, in dem er sich befand, sah gutmütig aus. Er war durch einen Herdofen mollig gewärmt, und – das bemerkte Herr Sievers sofort – er war kein Zimmer von irgendjemandem, er war eine ganze Welt für sich – für Lygia Valtin natürlich. Es standen dort moderne und alte Möbel, Tisch, Stühle, Bett, Kleiderschrank, Bücherregal, ferner ein Diwan, auf dem eine flachsblonde Puppe mit offenen Augen schlief, ein Reisekorb, auf dem gebrauchtes Kochgeschirr unordentlich durcheinanderlag – auch der Schatten unterm Bett war indiskret. An den Wänden hingen zwei Revolver, ein Florett, ein Bademantel und viele Bilder. Berthold betrachtete: Gruppenfotografien junger Leute beiderlei Geschlechts, teils im Freien, teils in Zimmern aufgenommen, die ebenso bunt verstellt waren wie Fräulein Valtins Behausung. Diese Bilder lebten auf einmal. Aus ihren Rahmen sprangen Studenten, Offiziere, Kaufleute und Damen in ärmlichen oder besseren, aber immer auffallenden Kleidern, tanzten wie trunken, lachten schmetternd und redeten komischen Blödsinn, und eine Dame, die mehrfach vertreten war, musste Lygia sein.

»Leidenschaftlich, rassig, beinahe spanisch«, dachte Berthold, und gleichzeitig hing die Gesellschaft wieder in toter Bilderform an der Wand, »phantastisch, aber geschmackvoll, mittelgroß, ebenmäßig, schlank, dunkelhaarig – etwa 25 Jahre alt. Sieht sich gerne abgebildet.« – Er fand sie in *grande toilette* ernst und würdig an eine marmorne Brüstung gelehnt, als strampelnder Pierrot, von zwei Türken getragen und auf dem Fahrrad, fesch, kühn, mit der weltverachtenden Miene der Berufsfahrer. Sie lag träumerisch hingegossen, seitlich auf dem Diwan, die rechte Hand in das langseidige Fell eines Hundes gewühlt, der sich schlangenartig an ihrem Busen zusammengerollt hatte. Sie stand nackt, mit erhobenem Schläger, mit stolz und streng zusammengezogenen Brauen wie eine rächende Göttin vor ihrem Schrankspiegel, der hinterrücks ihre göttlichen Rundungen verriet. An einem Necessaire auf der Waschkommode, zwischen einem Verschönerungsverein von Kämmen, Bürsten, Scheren, Feilen, Parfümflaschen, Augenstiften und Schminkschachteln, lehnte ein Kopf von Lygia, in greller Beleuchtung gezeichnet, ein Kopf mit wild verzerrten Augen und wirrem, aufgelöstem Haar. Der wie zum Schrei geöffnete Mund entblößte eine Reihe makelloser Zähne. Unter dem Bild stand »Dementia«.

»Sie kann schauspielern, sie hat Raffinement«, sagte der junge Mann laut vor sich hin. Seine Worte kamen nicht so gleichgültig heraus, wie er sie auszusprechen sich unwillkürlich bemühte. »Und das ist ihre Mutter«, fuhr er noch lauter, ja fast mit einem freudigen Schrei fort, indem er sich dicht an das vergilbte Porträt einer alten Frau beugte. Ein Kranz noch feuchtfrischer Tannenzweige war über das Bild gehängt. Berthold sah nach der Uhr. Es war so ganz still in dem Zimmer. Nur ein Kanarienvogel schrie unaufhörlich pie-eps, pie-eps. Sein Käfig stand zwischen grotesken Kakteen und kleinen, aber gut gepflegten Palmen auf dem einzigen Fenstersims. Man hatte ihm einen Berg von Futterkörnern aufgeschüttet, der für einen Monat ausreichen konnte, doch das Trinkgefäß des Vogels war leer. Die Erde in den Gewächstöpfen war hart und trocken. Berthold überzeugte sich davon, während er lange vor dem Fenster oder, wie er es taufte, vor Lygias »Garten« auf und ab schritt. »Warum kommt sie nicht!«, redete er den Vogel an, und als dieser keine menschliche Antwort gab, nannte er ihn ein dummes Tier, das nichts verstände, als pie-eps zu schreien und blanke Kupferstäbe zu beschmutzen. Dann wollte er wieder auf dem Stuhl Platz nehmen, aber dieses Möbel hinkte, darum vertiefte er sich lieber in einen bequemen Clubsessel und begann seine Begrüßungsrede mit Betonung der einundzwanzig Nägel zu memorieren. Er sah wieder nach der Uhr, erhob sich wieder, ging wieder geraume Zeit auf und ab.

Lygias Bett war aufgedeckt. Wie sauber es glänzte! Berthold erinnerte sich an den Schnee. Zu Fußende war ein Spiegel und darüber ein Kruzifix angebracht, hinter dem eine Hundepeitsche steckte. Auf den mit Stickereien durchbrochenen, luftig aufgebauschten Kissen lag ein Stoß weicher Spitzenhosen. Herr Sievers hielt kurz den Atem an, verdrehte die Augen, tauchte für einen Moment das Gesicht in die Wäsche, und obgleich er sich allein wusste, trat er doch darauf schnell und verlegen zurück. – Pie-eps, pieeps, klang es vom Fenster her. Er ging auf und ab, trat ans Bücherregal und fing an, die Bände der Reihe nach herauszuziehen: *Pakete, die ihn nicht erreichten* von Jakobus Schnellpfeffer, Rabelais, Gontscharows *Oblomow*, Goethes Gedichte, *Ursache und Behandlung der Maul- und Klauenseuche*, *Die Kindsmörderin* –

»Wem gehören diese Bücher?«, fragte er sich. »Es ist doch viel Gutes darunter, und der Kupferstich über dem Regal ist vorzüglich.«

Er lächelte, gähnte rücksichtslos und freute sich über die Unbefangenheit, mit der er Lygias Zimmer untersuchte. Trotzdem erkaltete sein Behagen an einem gewissen Gefühl des Fremdseins, ohne dass er sich dessen bewusst ward, und wie es ihm nicht gelang, die beobachteten Einzelheiten zu einem ganzen Gebäude zusammenzufügen, so fand er auch keinen Übergang von Lygias Häuslichkeit zu seiner eigenen.

Pie-eps, pie-eps, klang es durch die Stille.

Es war spät geworden. Er sah es an der vorgerückten Dämmerung, deren Schatten das Zimmer merkwürdig entstellten. Er entzündete eine schlecht geputzte Stehlampe – mit der rotglasigen Ampel überm Bett verstand er nicht umzugehen. In spielerischen Schritten, den Kopf auf die Brust geneigt, umkreiste er mehrmals den Tisch. Später setzte er sich an den Schreibtisch, zog Schubfächer heraus und – er wusste, dass es unrecht war – begann Briefe durchzulesen.

Es waren viele, aber er las sie alle, bedächtig, langsam, mit zunehmender Spannung. Währenddem wurde sein Gesicht von einem Ausdruck des Ernstes und von einer edlen Ruhe verschönt.

Um ihn herum war alles still, auch der Vogel am Fenster schwieg jetzt. Herr Sievers saß lange Zeit vor den Briefen. Seine Gedanken errichteten Stufe für Stufe die Treppe, auf welcher Lygia Valtin geschritten – abwärts geschritten war. Er stellte sie sich vor, wie sie zaghaft ans Geländer geklammert, hinabgeschlichen, wie sie, als dieses aufgehört hatte, gestolpert, gefallen war, sich aufgerichtet hatte, wieder vorsichtig, dann leichtsinniger über die kalten Stufen gelaufen, zuletzt getanzt war und nun im Schwung nicht mehr einzuhalten vermochte.

»Wie verwunderlich ist das Leben«, sagte er, als ob er etwas ganz Neues ausspräche, und fügte hinzu: »Wo bleibt sie nur? Und ob mich denn die Wirtin ganz vergessen hat?«

Indes mahnte ihn plötzliche Müdigkeit an eine Nachtwache. Ihn wandelte das Verlangen an, sich auf Lygias Diwan auszustrecken und einzuschlummern wie ein Märchenprinz in fremdem Garten, ohne zu wissen, wie er erwachen, wer ihn wecken würde. Wunderschön musste es doch sein, jetzt sanft, allmählich jede Klarheit verlieren, hinüberzugehen in die Träume, willenlos dem Gedanken ergeben, dass er sich Unbekannten überlasse, dass Unbekannte ihn, den Unbekannten, finden würden. Und als er sich wirklich ganz leise, behutsam, aber doch bequem neben der flachsblonden Puppe niederließ, auf dem Diwan, der gewiss schon oft das Rauschen von Seide, das Stammeln der Leidenschaft und die herben Seufzer der Einsamkeit vernommen hatte, da ging eine leise Traurigkeit über ihn.

So lag er und sann über Lygia nach. Was würde sie wohl sagen und mit welchen Bewegungen, welcher Stimme? Ob sie wohl sehr spät käme? Aber er hatte sechs Stunden gewartet, er konnte auch sieben Stunden warten. »Vielleicht kommt sie nicht allein«, überlegte er, »und sie ist kühl, verwundert, dankt trocken, und ihr Begleiter lacht. Vielleicht kommt sie doch allein, die schlanke Frau, von der ich so viel weiß. Sie kann auch böse sein oder mit der Zunge anstoßen oder, ohne über meinen Besuch zu erstaunen, sich auf meine Knie setzen.«

Ihm fiel jenes Sprichwort ein, das mit einfältigen Worten eine hübsche Weisheit fasst: Wenn's am besten schmeckt, soll man aufhören.

Herr Sievers erhob sich hastig. Er schlüpfte in seinen Mantel, setzte den Hut auf, knüpfte das gefundene Notizbuch wieder in das Seidentuch und warf es nahe dem Kleiderständer auf den Boden. Er tat das mit einer wachsenden inneren Aufregung. Dann verließ er das Zimmer. Jedoch im Rahmen der geöffneten Tür kehrte er nochmals um, ergriff einen Meißener Waschkrug und goss mit zitternder Hand Wasser in die Gewächstöpfe und in den Trinknapf des Kanarienvogels. Nun schlich er davon und erreichte die Straße, ohne jemandem begegnet zu sein.

Und obwohl er müde, hungrig und ungewaschen heimkehrte, erfüllte ihn doch ein geheimnisvolles Behagen, wie es ein guter Mensch empfindet, der durchs Schlüsselloch etwas Ungeniertes beobachtet hat, wie etwa ein Vater, der seinen Kindern so zugesehen hat.

Ja, auch er, Berthold, hatte durch ein Schlüsselloch, durch das Schlüsselloch eines Lebens geschaut, und da er daran dachte, dass es Millionen solcher Leben gab, von denen jedes wieder seine eigene Gestaltung besaß, war es nicht nur Behagen, was ihn erfüllte, war es ein tiefes Ergriffensein vor der Unermesslichkeit der Menschheit.

KURT TUCHOLSKY

Was unternehme ich Silvester?

Soll ich zu Kallmanns gehen? Die zünden ihren Tannenbaum an, drehen das Grammophon auf, das ihnen *Stille Nacht, heilige Nacht* vorkratzt, die Kinder lagern sich mit den Torsos ihrer Spielsachen auf den guten Teppich, und Vater raucht die neue Pfeife an. Mutter Kallmann spricht mit mir über die Dienstbotenmisere, und ich sage: »Jawohl, gnädige Frau! … Gewiss, gnädige Frau! … Denken Sie nur, gnädige Frau!« Das andre sagt sie. Ich werde doch lieber nicht zu Kallmanns gehen.

Soll ich zu meiner Freundin mit der schönen Seele und den dicken Beinen gehen? Sie wird feuchte, große Augen machen und mich mit Erinnerungen plagen. Sie wird feierlich gestimmt sein, was ihr gar nicht steht, und wird hochzeremoniös – auch sie – den Weihnachtsbaum entzünden und sagen: »Lieber Peter …« Bu. Ich werde doch lieber nicht zu meiner schönen Seele gehen.

Soll ich auf einen öffentlichen Ball gehen? Da werden sich zweitausend Menschen in Räumen drängen, die nur für zweihundert berechnet sind. Kellner werden sich den Sacharinsekt zu Valutapreisen aus den Händen schlagen lassen, und irgendwo im Wirbel und Rauch lärmt eine Kapelle. In der Mitte tun ein paar Leute so, als ob sie tanzten. Es sind alle da: Man zeigt sich die Herren aus der Wilhelmstraße, Kino-Namen werden geflüstert, und die Bühne hat ihre besten Vertreter … auch die Wissenschaft … Nur die Kokotten benehmen sich anständig. Wer wird auch Silvester fachsimpeln, wenn man's das ganze Jahr tun muss …!

Die Luft wird stickig und verbraucht sein, die Scherze auch. Nein – ich werde doch lieber nicht auf einen öffentlichen Ball gehen.

Soll ich auf einen privaten Ball gehen? (Oho! Ich bin eingeladen!) Die Zimmer werden ausgeräumt sein, die Lampen blau und lila umkleidet. Es wird Sekt geben und kleine Brötchen. Am Klavier ein Mann und eine Geige. Es wird viel und hingebend getanzt. Auf dem Teppich und auf den Sofas knautschen sich die Paare, so, als ob es auf der ganzen weiten Welt kein Bett gäbe. Nur die festen Verhältnisse benehmen sich anständig. (Man soll nichts verreden.) Die Tochter vom Haus wird alle Minen ihres goldenen Temperaments springen lassen – sie findet es so furchtbar interessant, das alte Wort zu variieren: Immer davon sprechen, aber es nie tun! Die jungen Herren werden sich bei den jungen Damen alle Freiheiten erlauben, weil sie nichts kosten. Auch Hessen-Nassau ist eine Provinz. Nein, ich werde doch lieber nicht auf einen privaten Ball gehen.

Also: was dann –? Ich schlage vor, wir füllen die kleine blaue Blumenvase wie gewöhnlich mit roten Blumen und trinken einen stillen roten Wein. Vielleicht erwachst du nachts so gegen zwölf. Ich werde dir dann sagen: »Liebe – ich glaube, jetzt muss ich mir einen Zylinder aufsetzen und du schlägst ihn ein. Das ist so Sitte.« Und darauf du: »Ich bin so müde. Gute Nacht.«

Und wenn du morgen früh aufwachst, ist es – wetten, dass? – 1922, und ich küsse dir das neue Jahr aus den Augen. Und da es ein alter Aberglaube ist, dass man das ganze Jahr hindurch tun wird, was man Silvester tut, so eröffnen sich für uns freundliche und wahrhaft erfrischende Perspektiven. Prosit Neujahr!

MASCHA KALÉKO

Nekrolog auf ein Jahr

Nun starb das Jahr. Auch dieses ging daneben.
Längst trat es seinen Lebensabend an.
Es lohnt sich kaum, der Trauer hinzugeben,
Weil man sich ja ein neues leisten kann.

Man sah so manches Jahr vorüberfliegen,
Und der Kalender wurde langsam alt.
Das Glück gleicht eleganten Luxuszügen
Und wir der Kleinbahn ohne Aufenthalt …

Im Wintersportgebiet hat's Schnee gegeben.
Wer Hunger hat, schwärmt selten für Natur.
Silvester kam. Und manches Innenleben
Bedarf jetzt fristgemäß der Inventur.

Wir gossen Blei und trieben Neujahrspossen.
(Minister formen meist den Vogel Strauß …)
Was wir im letzten Jahr in Blei gegossen,
Das sah verdammt nach Pleite-Geier aus.

Das Geld regiert. Wer hat es nicht erfahren,
Daß Menschenliebe wenig Zinsen trägt.
Ein braver Mann kann höchstens *Worte* sparen.
… Wenn er die Silben hübsch beiseitelegt.

Die Freundschaft welkt im Rechnen mit Prozenten.
Bald siehst du ein, daß keiner helfen kann.
Du stehst allein. Und die dir helfen könnten,
Die sagen höchstens: »... rufen Sie mal an!«

Nun starb ein Jahr. – Man lästre nicht am Grabe!
Doch: Wenn das Leben einer Schule gleicht,
Dann war dies Jahr ein schwachbegabter Knabe
Und hat das Ziel der Klasse nicht erreicht.

Verzeichnis der Autorinnen und Autoren, Texte und Druckvorlagen

WALTER BENJAMIN (1892–1940)
72 Aus dem Moskauer Tagebuch
W. B.: Gesammelte Schriften. Bd. 6. Hrsg. von Rolf Tiedemann und Hermann Schweppenhäuser. Frankfurt a. M.: Suhrkamp, 1985. S. 331–335.

ARTHUR CONAN DOYLE (1859–1930)
33 Die Geschichte des blauen Karfunkels
A. C. D.: Der Bund der Rothaarigen und andere Detektivgeschichten. Stuttgart: Franckh'sche Verlagshandlung, 1936. S. 158–186.

HANS FALLADA (1893–1947)
79 Silvester auf Gaugarten – Ich suche meine Frau – Strabow lässt sich nicht wegschicken – Böses Gelächter zum Jahresbeginn
H. F.: Kleiner Mann, Großer Mann – alles vertauscht oder Max Schreyvogels Last und Lust des Geldes. Hamburg: Blüchert Verlag, 1959. S. 190–199.

ROBERT GERNHARDT (1937–2006)
78 Banger Moment
R. G.: Gesammelte Gedichte 1954–2006. Frankfurt a. M.: S. Fischer, 2008. S. 172. – © S. Fischer Verlag GmbH, Frankfurt a. M. 2008.

HANNS DIETER HÜSCH (1925–2005)
106 Um Silvester rum!
H. D. H.: Denn in jeder Leiche ist ein Kind versteckt. Die kabarettistischen Texte. Das literarische Werk. Bd. 2. Berlin: Edition diá, 2017. S. 743 f. – Mit freundlicher Genehmigung von Christiane Hüsch-von Aprath, Windeck.

ERICH KÄSTNER (1899–1974)
28 Weihnachtslied, chemisch gereinigt
E. K.: Herz auf Taille. Zürich: Atrium Verlag, 2017. S. 93. –

MASCHA KALÉKO (1907–1975)
122 Nekrolog auf ein Jahr
M. K.: Sämtliche Werke und Briefe in vier Bänden. Bd. 1. Werke. München: dtv, 2012. S. 48. –

SELMA LAGERLÖF (1858–1940)
8 Ein Weihnachtsgast
S. L.: Weihnachtsgeschichten. Übers. von Marie Franzos [u. a.]. Stuttgart: Reclam, 2021. S. 99–108.

ELSE LASKER-SCHÜLER (1869–1945)
7 Weihnacht
E. L.-S.: Die Gedichte. Hrsg. von Gabriele Sander. Stuttgart: Reclam, 2016 [u. ö.], S. 208 f.

GUSTAV MEYRINK (1868–1932)
99 Honni soit, qui mal y pense
G. M.: Gesammelte Werke. Bd. 4, T. 1. München: Wolff Verlag, 1913. S. 78–88.

DOROTHY PARKER (1893–1967)
64 Der Walzer
D. P.: Die Geschlechter. New Yorker Geschichten. Übers. von Ursula-Maria Mössner. Zürich: Haffmans Verlag, 1985. S. 14–21. –

JOACHIM RINGELNATZ (1883–1934)
109 Durch das Schlüsselloch eines Lebens
J. R.: Das Gesamtwerk in sieben Bänden. Bd. 4: Erzählungen. Zürich: Diogenes, 1994. S. 39–46.

PAUL SCHEERBART(1863–1915)
91 Das Gespensterfest
P. S.: Das große Licht. Gesammelte Münchhausiaden. Frankfurt a. M.: Suhrkamp, 1987. S. 156–161.

ANTJE RÁVIK STRUBEL (* 1974)
19 Eine Weihnachtsteufelei
A. R. S.: Vom Dorf. Erzählungen. München: dtv, 2007. – © S. Fischer Verlag GmbH, Frankfurt a. M. 2016.

KURT TUCHOLSKY (1890–1935)
120 Was unternehme ich Silvester?
K. T.: Gesammelte Werke in zehn Bänden. Bd. 3. Reinbek b. Hamburg: Rowohlt, 1975. S. 109–111.

KARL VALENTIN (1882–1948)
30 »Heiliger Abend« – abgesagt
K. V.: Sämtliche Werke in acht Bänden. Bd. 7. München: Piper, 1996. S. 172 f.